Die Seele eines Dungeons

Buch 3 der Abenteuer in Brad

von

Tao Wong

Übersetzt von Tamara Peiter

Copyright

Dies ist ein fiktionales Werk. Namen, Charaktere, Unternehmen, Orte, Ereignisse und Begebenheiten sind entweder Produkte der Fantasie des Autors oder werden in fiktiver Weise verwendet. Jede Ähnlichkeit mit tatsächlichen lebenden oder toten Personen oder tatsächlichen Ereignissen ist rein zufällig.

Dieses E-Book ist nur für den persönlichen Gebrauch lizenziert. Dieses E-Book darf nicht weiterverkauft oder an andere Personen weitergegeben werden. Wenn Sie dieses Buch mit einer anderen Person teilen möchten, erwerben Sie bitte für jeden Empfänger ein zusätzliches Exemplar. Wenn Sie dieses Buch lesen und es nicht gekauft haben, oder es nicht nur für Ihren Gebrauch gekauft wurde, gehen Sie bitte zu Ihrem bevorzugten E-Book-Händler und kaufen Sie Ihr eigenes Exemplar. Danke, dass Sie die harte Arbeit dieses Autors respektieren.

Ein Starlit Publishing Buch

Herausgegeben von Starlit Publishing

69 Teslin Rd

Whitehorse, YT

Y1A 3M5

Canada

www.starlitpublishing.com

Ebook ISBN: 9781989994917

Broschiert ISBN: 9781989994924

Bücher in der Serie Die Abenteuers in Brad

Das Geschenk eines Heilers

Das Herz eines Abenteurers

Die Seele eines Dungeons

Der Ruf der Arena

Die Bindung des Abenteurers

Die Stille des Waldes

Inhalt

Kapitel 1 — 1

Kapitel 2 — 25

Kapitel 3 — 63

Kapitel 4 — 89

Kapitel 5 — 121

Kapitel 6 — 141

Kapitel 7 — 169

Kapitel 8 — 183

Kapitel 9 — 199

Kapitel 10 — 211

Kapitel 11 — 243

Kapitel 12 — 273

Kapitel 13 — 287

Kapitel 14 — 317

Kapitel 15 — 337

Kapitel 16 — 371

Kapitel 17   401

Kapitel 18   417

Anmerkung des Autors   438

Über den Autor   439

Über den Herausgeber   441

Kapitel 1

Das Licht der Morgendämmerung filterte durch die hölzernen Fensterläden von Daniel Chais Zimmer im Spinning Top. Als sich die spätherbstliche Morgenkühle bemerkbar machte, zitterte er und zog für einen Moment die Decken enger um seinen Körper. Jahrelange Disziplin zwang ihn, sich aufzusetzen, jetzt, wo er wach war. Er fuhr sich mit der Hand durch die Haare und lächelte leicht über den ungleichmäßigen Schnitt, den Khy'ra, seine Freundin, ihm verpasst hatte. Sie war eine gefährliche Abenteurerin, eine schöne Elfe und eine freundliche Heilerin, aber das Einzige, was sie nicht war, war eine anständige Friseurin.

Nachdem er sich langsam auf seine vollen ein Meter siebzig gestreckt und frisch gemacht hatte, ging Daniel zu den Fenstern und zog sich wieder ein Hemd an. Er öffnete die Fensterläden und blickte auf die sich ausgebreitete Stadt aus Holz und Stein vor ihm, dann lehnte er sich leicht nach außen, während er auf das Zentrum der Stadt starrte, um den Eingang zum Dungeon und die Abenteurergilde zu erkennen. Es war noch früh, und er konnte Ströme von Abenteurern sehen, die den Dungeon betraten und verließen und den Weg zwischen Gilde und Dungeon überquerten, um ihre Beute zu verkaufen, bevor sie sich ausruhten.

Der Dungeon von Karlak hatte in den letzten Tagen wieder geöffnet, nachdem er wochenlang aufgrund einer neuen Konfigurierung geschlossen war. Die Welle der Erleichterung, die durch die Stadt geflossen war, als klar wurde, dass es sich immer noch um einen Anfänger-Dungeon handelte, war spürbar gewesen. Da jeder Abenteurer wieder auf der ersten Ebene anfangen musste, hatte die Abenteurergilde ein Lotteriesystem eingeführt, um den Eintritt zu staffeln. Irgendwann würden die erfahreneren Abenteurer in die tieferen Ebenen hinabsteigen, und der Eintritt würde nicht mehr gestaffelt werden müssen, da die Abenteurer alle auf die vielen Ebenen verteilt wären. Irgendwann.

Daniel seufzte wieder, zog den Kopf ein und zog sich vollständig an. Unglücklicherweise hatte ihre Gruppe einen Slot für morgen gezogen, sodass sie einen weiteren Tag warten mussten. Wochen ohne ihre wichtigste Einkommensquelle bedeuteten, dass er arbeiten musste, was auch immer er auf der Questtafel finden konnte, wenn er morgen etwas zu essen haben wollte. Im Bett zu bleiben war keine Option.

Als er die Treppe hinunterging, winkte er Elise zu, der Besitzerin des Spinning Tops, die gerade das Essen im Stockwerk verteilte. Die kurvige Blondine lächelte Daniel an und nickte ihm zu einem freien Tisch, während sie Bier, Wein und eine Mischung aus Eiern, Speck und Blattgemüse an den Tisch brachte. Daniel bemerkte müßig, dass die Teller fast überquollen, da die allerletzte Ernte aus dem Boden geholt worden war. Bald würde es nur noch Dosengemüse und eine kleine Auswahl an magisch konserviertem Gemüse geben.

„Guten Morgen, Elise", begrüßte Daniel die Wirtin, als sie mit seinem Frühstück ankam. Elise schenkte ihm nur ein Lächeln, zu beschäftigt, um zu plaudern, während er sich mit Genuss auf die Mahlzeit stürzte. Als er fertig war, legte Elise ihm ein paar eingepackte Lunchpakete auf den Tisch.

Nachdem er draußen seine Lederrüstung, seinen Schild und seinen Streitkolben geholt hatte, schloss sich Daniel schnell dem Strom der Menschen an und machte sich auf den Weg zur Gilde. Daniel beäugte beiläufig die Menschenmassen, die hauptsächlich aus menschlichen Stadtbewohnern bestanden, aber auch gelegentlich einen Blick auf einen Beastkin freigaben. Da es noch früh war, waren die meisten Abenteurer entweder schon im Dungeon oder schliefen noch. Als er bei der Abenteurergilde ankam, fand er seine Partnerin Asin, die bereits auf ihn wartete.

„Guten Morgen, Asin“, begrüßte er seine Freundin und sein Gruppenmitglied. Die kleinere Catkin hockte auf der Treppe, die zum Gebäude hinaufführte, und leckte an ihrer Pfote, während ihr Schwanz träge in der Luft hinter ihr wedelte. Jadefarbene Augen funkelten amüsiert, als Daniel ihr das Lunchpaket reichte, das sie schnell in ihre Tasche steckte und sicherstellte, dass sie festgeschnallt war und ihren zusätzlichen Wurfmessern nicht im Weg war.

„Daniel“, schnurrte Asin. Die Catkin beschränkte sich wie immer auf ein Minimum, denn sie gehörte zu den wenigen Unglücklichen, die es schmerzhaft fanden, in der menschlichen Sprache von Brad zu sprechen. Unglücklicherweise empfand Daniel es als schwierig, sosehr er sich auch anstrengte, seine Kehle und Zunge so zu formen, dass er die gängige Beastkin-Sprache sprechen konnte.

„Hast du dir die Questtafel schon angeschaut?", fragte Daniel, als er die Treppe hinaufging. Asin stand geschmeidig auf, ihre Bewegungen waren von katzenhafter Anmut. Auf das Kopfschütteln von Asin hin nickte Daniel zufrieden. Drinnen brummte die Abenteurergilde, als die Abenteurer Manasteine einlösten, sich gegenseitig mit Geschichten über die neuen Ebenen erfreuten und allgemein ein Durcheinander veranstalteten. Asin spitzte die Ohren und drehte ihren Kopf hin und her, um den Gesprächen zu lauschen. Da es der dritte Tag der Dungeon-Eröffnung war, drehten sich die Gespräche hauptsächlich um die erste Ebene, und so erfuhr Asin nichts Neues.

Die Questtafel war im wahrsten Sinne des Wortes ein paar rollende Holzbretter, auf denen die Aufseher der Gilde neue Anfragen anbrachten. Die Tafel selbst war in drei Bereiche unterteilt, die die häufigsten Questtypen darstellten – Lieferung, Abholung und Verschiedenes. Anders als in den letzten Wochen wurde die Tafel nicht von allen Quests entledigt, da immer mehr Abenteurer in den Dungeon zurückkehrten, um Münzen zu verdienen.

Mit zusammengekniffenen Lippen las sich Daniel langsam durch die ausgehängten Angebote. Im Gegensatz zu vielen seiner Altersgenossen hatte der ehemalige Bergmann lesen gelernt. Deshalb ignorierte er die Symbole, die unten rechts für Analphabeten ausgehängt waren, und suchte stattdessen auf der Tafel nach einer passenden Option.

„Ah, tapfere Helden! Das Feuer des Morgens grüßt euch alle!" Die gebrüllte Begrüßung ließ Asin zusammenzucken. Alle in der Gilde drehten sich kurz um, um den jugendlichen Barbaren zu betrachten, der der Grund für den Lärm war. Fast dreißig Zentimeter größer als Daniel überragte der blondhaarige, muskulöse Nordländer in Tunika die Abenteurer im Raum. Er hatte ein freundliches Lächeln im Gesicht, als er hereinkam. Der Barbar, der nur ein einziges großes Schwert trug, schritt zur Questtafel und sein Grinsen wurde noch breiter, als er Asin und Daniel entdeckte.

„Guten Morgen, Omrak", begrüßte Daniel den Jüngling und schob sich leicht zur Seite, um dem Barbaren Platz zu machen.

„Das? Ist diese Quest eines Helden würdig?“ Ein paar Sekunden später deutete Omrak mit einem fleischigen Finger auf eine Quest.

„Ähm …“ Daniel las die Questankündigung, seine Lippen zuckten. „Das ist eine Anfrage nach Schlägern für die kommende Herbstjagd. Es ist noch ein paar Tage hin, und du müsstest dich auf den Weg dorthin machen. Aber die Bezahlung ist nicht schlecht.“

„Ah …“, grummelte Omrak und starrte die Quest an. Daniel hob eine Augenbraue und Omrak zuckte mit den Schultern, als er die unausgesprochene Frage beantwortete. „Ich habe keine Gruppe. Ich muss noch ein paar Tage warten, bevor ich den Dungeon betreten kann. Diese Quest funktioniert, sie ist weniger als heldenhaft, aber besser als die Docks."

„Hattest du bis jetzt kein Glück bei der Suche nach einer Gruppe?", fragte Daniel.

„Nein. Ich fürchte, ich muss auf eine neue Gruppe warten oder selbst stark werden", sagte Omrak und klatschte sich eine Hand auf die Brust.

„Also, wir gehen morgen hin …", begann Daniel zu sagen, bevor er von Asin mit dem Ellbogen in die Seite gestoßen wurde. Sie knurrte ihn an, was ihn blinzeln ließ.

„Heldin Asin …?"

„Später", knurrte Asin, während sie Daniel zu einem nahe gelegenen Stand zerrte. Dann senkte sie ihre Stimme und knurrte ihn an. „Kein Angebot."

„Aber warum?", fragte Daniel. „Es wird nicht mehr lange dauern und er braucht Hilfe."

„Erste Ebene. Lausige Steine. Dreifach geteilt", sagte Asin, ihr Schwanz peitschte hinter ihr hervor.

„Ähh …" Daniel fügte die Sätze schnell zusammen, bevor er blinzelte. „Du willst Omrak nicht helfen, weil wir dann nicht genug verdienen?"

Asin nickte fest, was Daniel zu einer Grimasse veranlasste.

„Er verdient im Moment nicht viel. Es würde nicht schaden, wenn er sich uns anschließen würde, und wir könnten seine Hilfe auf tieferen Ebenen gebrauchen. Er ist ungefähr auf dem gleichen Level wie wir, also würde er uns nicht aufhalten", sagte

Daniel schnell und reihte seine Argumente aneinander.

„Teuer", wiederholte Asin.

„Ja, aber er kann mehr tragen als wir."

Asin hielt inne, sichtlich angetan von diesem Gedanken. Daniel drängte auf seinen Vorteil und fuhr fort: „Du weißt, dass du nicht viel tragen kannst, und ich auch nicht. Mit mehr Hilfe könnten wir die zweite Ebene möglicherweise an einem einzigen Tag abräumen."

Asin runzelte die Stirn, bevor sie schließlich antwortete: „Dritte."

„Das ist …"

„Dritte."

„Na gut!" Daniel zog eine Grimasse, denn er wusste, dass es schwierig werden würde, drei Ebenen in einem einzigen Durchgang zu bewältigen. Die Gilde hatte jedoch zugestimmt, dass jede Gruppe, die es bis zur dritten Ebene schaffte, den Dungeon jederzeit betreten durfte. Nachdem sie sich durchgesetzt hatte, pirschte sich Asin zurück zu dem großen Barbaren, der die Auseinandersetzung mit Interesse beobachtet hatte.

„Anschließen. Tragen. Geh schnell", zischte Asin dem großen Mann zu und hielt ihre Finger hoch, während sie sprach. „Gleicher Anteil."

Omrak grinste, klopfte der zierlichen Catkin auf die Schulter und brachte sie zum Taumeln. „Danke, Heldin! Du sollst keinen Fehler in unserem Fortschritt finden. Ich werde dein Schild, dein Schwert und dein Rücken sein!"

„Laut!", beschwerte sich Asin bei Daniel, während sie sich eine Quest vom Brett schnappte und losstakste, um sich in die Schlange einzureihen, die auf einen Aufseher wartete.

„Omrak, ruhiger, bitte", sagte Daniel und grinste seine Catkin-Freundin leicht an, die sich diskret die Schulter rieb.

„Natürlich, Held!", sagte Omrak im Bühnenflüsterton.

„Morgen, am Eingang. Morgengrauen."

„Ich werde dort sein. Aber vorerst muss ich mich mit dem Hafenmeister treffen. Ich werde mich den Booten einen letzten Tag zur Verfügung stellen."

„Ja, tu das. Bis dann, Omrak." Nachdem er sich verabschiedet hatte, schritt Daniel zu seiner wartenden Freundin hinüber, die ihm die Quest-Notiz zum Lesen hinhielt. Er zuckte zusammen, als er sie las und brummte. „Wirklich?"

„Gute Münze.“

„Ich weiß …“, seufzte Daniel erneut und steckte den Questzettel in seine Tasche. Gut, er hatte sie um Hilfe gebeten.

***

Stunden später unterdrückte Daniel ein leichtes Stöhnen, als er den nächsten Korb mit Fischen den steilen Hügel hinaufschleppte. Wie Omrak gesagt hätte – das war keine Heldenarbeit. Aber es war eine anständig bezahlte Arbeit für sie beide – zumindest, solange die Fische schwammen. Es war die letzte Woche und die Fischergilde hatte endlich die Fischerei auf dem Fluss eröffnet und dafür gesorgt, dass die Netze und Fischfallen auf Hochtouren liefen. Auch wenn Abenteurer nicht die bevorzugten Tagelöhner waren, wurde diese Woche jedes zusätzliche Paar Hände dankbar angenommen.

Daniel wünschte sich nur, dass er nicht die schwere Arbeit machen müsste. Leider hatte er, wie die meisten der angeheuerten Abenteurer, keine Skills oder Kenntnisse im Handwerk, also war das Reparieren der Netze oder Fallen ausgeschlossen. Seine einzige Rettung waren seine Kraft und Ausdauer, und so schleppte er sich mit Körben voller Fische den Hügel hinauf. Im Fluss hatte Asin – mit ihrer natürlichen Anmut und ihrer hervorragenden Zielgenauigkeit – die Zeit ihres Lebens mit den Netzen. Sogar ohne ein Skill, das mit dem Fischen zu tun hatte, zog sie eine beträchtliche Anzahl von Fischen heraus.

Als er den Hügel wieder hinunterkam, beobachtete Daniel, wie Asin aus dem eiskalten Wasser stapfte, um sich an den nahen Feuerstellen aufzuwärmen. Verzauberte Galoschen hielten ihre Füße und Oberschenkel warm, taten aber nichts für ihren Oberkörper. Daniel musste sich ein Lächeln verkneifen, als sie schließlich aus dem Wasser stieg und sich kräftig schüttelte, so dass kalte Wassertropfen von ihrem Fell fielen. Ein ersticktes Schnauben hinter ihm verriet Daniel, dass er nicht der Einzige war, der die nasse Catkin amüsant fand.

Wenn er einen Tag außerhalb des Dungeons verbringen musste, war das keine schlechte Art, dies zu tun. Dennoch, als Daniel sich streckte und in den Himmel schaute, konnte er nicht anders, als sich auf den nächsten Tag zu freuen.

***

„Daniel", begrüßte Khy'ra ihn, als sie ihr Haus betrat. „Ich habe deine Nachricht in der Klinik erhalten."

„Khy'ra." Er beugte sich vor und drückte ihr einen kurzen Kuss auf die Lippen, bevor er sich wieder dem Braten des Fisches zuwandte. Eine gute Sache bei der Arbeit am Fluss heute – das Abendessen war schnell serviert. „Alles in Ordnung in der Klinik?"

„Das Übliche." Khy'ra zuckte mit den Schultern. „Nichts, was deine Gabe benötigt, aber wenn du später ein paar Minuten erübrigen könntest … Wir haben ein paar Patienten, die eine Heilung brauchen könnten."

Daniel nickte, erleichtert, dass er seine Gabe nicht würde einsetzen müssen. Eine kleine Anzahl, vielleicht einer von Tausend, wurde bei der Geburt mit einer Gabe beschenkt. Die Nützlichkeit und Stärke der Fähigkeit variierte, aber was nie der Fall war, war, dass der Gebrauch einer Gabe keinen Preis hatte. Für Daniel war der Preis für die Nutzung seiner Gabe ein Teilverlust seiner Erinnerungen, seiner Erfahrung und seiner Fähigkeiten. Allerdings verschaffte ihm seine Gabe auch ein unheimliches Verständnis des Körpers, was ihm ermöglichte, traditionelle Heilmagie zu erlernen und sich darin weiterzuentwickeln.

„Nach dem Essen", sagte Daniel.

„Natürlich. Hast du heute am Fluss gearbeitet?" fragte Khy'ra, als sie neben ihm herging und den Duft des gebratenen Fischs einatmete. Sie konnte gemahlenen Pfeffer riechen, das Schweinefett, das sie aufbewahrt hatte, getrockneten Thymian, rote Paprika und noch etwas anderes. Mit gerunzelten Augenbrauen starrte die Elfe auf das verlockende Gericht.

„Asins Rezept", antwortete Daniel und stupste den Fisch noch einmal an, bevor er ihn aus der Pfanne nahm.

„Soll ich dann die Milch holen?", stichelte Khy'ra, während sie den Tisch deckte.

„Ich habe es angepasst", sagte Daniel stolz. Wieder einmal war er dankbar, dass die Catkin genauso viel Wert auf gutes Essen legte wie er selbst – seine Reisen in den letzten Monaten hatten ihn gelehrt, dass das bei den meisten anderen Abenteurern nicht der Fall war. Andererseits neigten die

Beastkin dazu, sehr scharfes Essen zu essen – etwas, das Daniel angesichts ihrer erweiterten Sinne verwunderte.

„Oh gut", sagte Khy'ra, und Daniel lachte. Sosehr sich Khy'ra auch beschwerte, er konnte sich noch daran erinnern, wie sie sich das letzte Mal, als Asin hier war und für sie alle kochte, klaglos den Mund vollgestopft hatte.

„Gehst du morgen in den Dungeon?", fragte Khy'ra, als sie den Tisch fertig deckte und beobachtete, wie Daniel das Brot aus dem Ofen holte. Es gab viele Gründe, warum sie diesen jungen Abenteurer mochte, aber die Art, wie er sie versorgte, trug sicherlich dazu bei. Ein Hauch von Traurigkeit flackerte über ihr Gesicht, als sie sich daran erinnerte, dass er bald abreisen würde. Die meisten Menschen traten in ihr Leben und gingen wieder.

„Ja. Erinnerst du dich an den Nordländer? Omrak?"

„Ich habe ihn schon mal gesehen. Großer Mann."

„Ähh …" Daniel hielt inne und bemerkte den bewundernden Ton in ihrer Stimme, bevor er den Anflug von Eifersucht abschüttelte. „Ja. Er wird sich uns anschließen. Zumindest für ein paar Ebenen."

„Hm … das ist gut", sagte Khy'ra mit dem Mund voller Fisch.

Daniel blinzelte, unsicher, ob sie sich auf seine Kochkünste oder auf Omrak bezog. Als sie seine Verwirrung sah, funkelten Khy'ras Augen humorvoll und Daniel erkannte, dass sie es mit Absicht getan hatte.

Als sie sah, wie er sie spielerisch anknurrte, gab die Elfe schließlich nach.

„Es ist gut, dass ihr mehr Hilfe bekommen habt. Es gibt eine Menge Dungeons, die ohne weitere Mitglieder nicht abgeschlossen werden können", erklärte Khy'ra. Daniel nickte und wusste, dass das, was sie sagte, wahr war. Allerdings waren sowohl er als auch Asin Workaholics, und andere zu finden, die bereit waren, mit ihnen mitzuhalten, wäre schwierig gewesen. Daniel hatte jedoch ein sehr gutes Gefühl bei Omrak.

Daniel biss selbst in den Fisch, lenkte das Gespräch auf Khy'ras Tag und verdrängte die Gedanken an den Dungeon und das Abenteuer. Sie würden morgen mehr als genug zu besprechen haben.

Kapitel 2

„Guten Morgen, Liev", begrüßte Daniel den rothaarigen, dürren Gildenaufseher. Er lehnte sich an den hölzernen Tresen und reichte ihm den Chip im Tausch gegen das Eintrittssiegel.

„Daniel, Asin. Und Omrak?" Liev starrte den blonden Riesen an, die Falten in seinem Gesicht vertieften sich, als er fragend eine Augenbraue zu den beiden hob. Nachdem er ein bestätigendes Nicken erhalten hatte, zuckte Liev nur mit den Schultern und fügte Omraks Namen dem Siegel hinzu. „Hast du dich über die Nachrichten informiert?"

„Ja, aber am besten gehen wir es noch einmal durch", antwortete Daniel für die Gruppe. Asin schürzte leicht die Lippen, begierig darauf, zu gehen, sagte aber nichts.

Hinter sich schlang Omrak die Daumen in seinen Gürtel und schob sein riesiges Schwert, das an einer Schulterscheide über seine Brust hing, zur Seite.

„Richtig, in der ersten Ebene sind Kobolde. Keine Veränderung dort", sagte Liev. „In der zweiten Ebene haben wir Elementarschildkröten. Langsam, aber zäh. Man muss sie entweder umdrehen oder ihre Panzer zerbrechen. Wie ihr wisst, verringert das Zerbrechen der Panzer im Kampf die Chance, dass sie droppen, wenn der Dungeon die Leiche freigibt und die Gilde die Panzer kauft. Wir zahlen momentan zwei Kupfer pro Schale. Es wurden keine Fallen gemeldet.

Bisher hat es noch keine Gruppe geschafft, in die dritte Ebene zu kommen. Die erste Ebene ist relativ klein – etwa drei

Viertel so groß wie die alte erste Ebene. Die zweite Ebene macht das wieder wett, sie ist etwa dreimal so groß. Es ist eine Mischung aus Wasserbecken und Höhlen, also müsst ihr vorsichtig sein, wenn ihr herumlauft. Es gibt kein natürliches Licht und die Gilde hat bis jetzt auch noch keines installiert, also müsst ihr für die zweite Ebene euer eigenes mitbringen. Ein zusätzliches Paar Kleidung ist ebenfalls empfehlenswert, und ein Seil."

Nachdem er seine Ausführungen beendet hatte, wartete Liev geduldig auf eventuelle Fragen. Als keine kamen, beendete er: „Das war's bis jetzt mit dem Dungeon. Wir haben einen Brief bekommen, in dem steht, dass wir bald zumindest ein paar interessierte Fortgeschrittene erwarten sollten."

Daniel grunzte nicht ganz überrascht bei dieser Nachricht. Der Bonus für das Abschließen eines neuen Dungeons und die Verlockung des Unbekannten lockten sicher einige erfahrenere Abenteurer an. Trotzdem zischte Asin leicht, während Omrak entweder nicht wusste, was das bedeutete, oder sich nicht darum kümmerte, da er keine Reaktion auf die Nachricht zeigte.

„Danke, Liev. Sehen wir uns heute Abend?", fragte Daniel.

Liev nickte zustimmend und beobachtete das Trio mit einem leichten Lächeln auf seinem Gesicht, bevor er sich der nächsten Gruppe zuwandte.

***

„Haben wir alles, was wir brauchen?", fragte Daniel die Gruppe auf dem kurzen Weg zum Eingang des Dungeons. Im Gegensatz zu anderen Städten, die ihre Dungeons groß hervorhoben, war der Eingang von Karlak ein einfaches Steingebäude mit großen Doppeltüren, die ihn flankierten. Daniels Lippen verzogen sich beim Anblick der Türen – er hatte sie noch nie geschlossen gesehen, außer für den Umbau.

„Wird auch Zeit, dass du reinkommst. Habt ihr gefaulenzt?", rief Ken, der pummelige Stadtwächter mittleren Alters, Daniel und Asin zu, als sie ankamen. Er warf einen flüchtigen Blick auf das Siegel, das sie ihm anboten, und ließ es in den Beutel fallen, der neben ihm wartete. „Gut, ich will euch nicht aufhalten. Ich erwarte aber

Geschichten und Drinks heute Abend im Top.“

Daniel lächelte die laute Wache an und nickte Curtzman auf der gegenüberliegenden Seite kurz zu, bevor er seine Gruppe hineinführte. Keiner der anderen Abenteurer hatte den beiden Wachen mehr als ein Nicken geschenkt – Asin, weil die Wachen ihre Art generell mit einem erheblichen Maß an Misstrauen behandelten, und Omrak, weil seine Zusammenstöße mit der Karlak-Wache meist spät in der Nacht stattfanden und damit endeten, dass er in der Zelle darauf wartete, auszunüchtern.

Im Inneren führte das steinerne Gebäude sofort zu einem vertrauten grauen Eingang. Als sie diesen erreichten, traten sowohl Daniel als auch Omrak nach vorne, um den

Weg zu weisen. Daniel zuckte zusammen und starrte den Nordländer an, der gerade dabei war, sein Großschwert zu entschärfen.

„Ich werde dir den Weg weisen, Held Daniel. Es wird mir eine Ehre sein, dein Schild zu sein", erklärte Omrak.

Für einen Moment hatte Daniel ein Gefühl von Schwindel, während er seine Gedanken zurechtrückte. Omrak hatte recht — als größerer, stärkerer und geschickterer Nahkämpfer war er die bessere Wahl, um voranzugehen. Vor allem, da die ersten paar Ebenen als fallenfrei gemeldet worden waren. Daniel betrachtete den Nordländer noch einmal und stellte fest, dass Omrak es außer einem ledernen Unterleibsschutz immer noch nicht geschafft hatte, für eine Rüstung zu sparen. Tatsächlich war der Barbar, abgesehen von seinem Großschwert und einem Messer, das so groß war, dass man es selbst für ein Kurzschwert halten konnte, der am spärlichsten ausgerüstete Mann der Gruppe.

Daniel trug den Brustpanzer und die Panzerriemen seiner alten Lederrüstung. Obwohl er es vorgezogen hätte, seine neu erworbene Eisenrüstung zu benutzen, brachten ihn die Gefahren der wässrigen zweiten Ebene dazu, sich nur minimal zu kleiden. Wenn er hineinfiel, konnte er seinen Schild und seinen Streitkolben ablegen und mit dem, was er gerade trug, an die Oberfläche schwimmen.

Asin war mit einem leichten Mantel aus unbehandeltem Leder ausgestattet, ein Paar gekreuzte Schultergurte mit Wurfmessern über der Brust und weitere an den Beinen. An ihren Hüften trug sie ein Paar größere

Kampfmesser, die sie benutzte, wenn sie nah herankommen musste. An einer Reihe von Riemen hinter ihr hingen die Bolas, die sie in Peel gekauft hatte. Zu allem Überfluss entdeckte er auch noch die verzauberten Blitzschienen und den verzauberten Schildkragen, den sie anstelle einer stärkeren Rüstung trug.

Alle drei Abenteurer trugen natürlich auch weitere Ausrüstung, Rucksäcke, die mit Seilen, Lampen, Lunchpaketen, Fallenkugeln und anderen essenziellen Tauchausrüstungen gefüllt waren. Asin, die sein ernstes Mustern ihrer Ausrüstung mitbekam, schnaubte leicht und Daniel lächelte schief. Okay, es waren nur die ersten paar Ebenen eines Anfänger-Dungeons.

***

Die erste Ebene war für die ganze Gruppe ein totales Déjà-vu. Die niedrigen Decken und engen Gänge bedeuteten, dass Omrak einen beträchtlichen Teil der Zeit gebückt verbrachte und sein Schwert in einer Hand trug. Die glatten, mit Mana durchtränkten Steine, aus denen die Gänge bestanden, leuchteten in einem sanften blauen Licht, das der Gruppe genug Beleuchtung bot, um leicht sehen zu können, obwohl sie alle wussten, dass sie nach ein paar Stunden die subtile Anstrengung spüren würden.

Was anders war, war die schiere Anzahl der Abenteurer. So früh sie auch waren, gestaffelter Eintritt hin oder her, die Anzahl der Abenteurer, die durch die erste Ebene gingen, war ungewöhnlich. Es war keine belebte Straße in der Stadt, aber für einen

Dungeon könnte man sie als unangenehm belebt bezeichnen. Viele der Abenteurer hielten Karten in der Hand, um neue Gänge zu skizzieren und Kreuzungen zu markieren, während andere die Gänge hinuntereilten, um entweder weitere Monster zu töten oder die Kartierung der Ebene für den Erfahrungsbonus abzuschließen.

In jedem Fall wurden sowohl Asin als auch Omrak nach einer langen Stunde, in der sie kein einziges Monster gefunden hatten, ungeduldig.

„Pech gehabt", brummte Asin und ruckte mit dem Kopf zu dem Nordländer.

„Asin …", begann Daniel. Es war nicht so, dass das Gedränge Omraks schuld war.

„Auch meine Klinge hungert nach Blut, Heldin Asin", sagte Omrak. „Aber vielleicht können wir das Blut in einem weniger beengten Quartier suchen.“

Der laute Nachhall von Omraks Erklärung ließ Asin zusammenzucken, ihre empfindlichen Ohren zuckten. Sie knurrte leise und wollte ihn gerade wieder zurechtweisen, als sie etwas hörte. Nachdem er einen Blick zurück geworfen hatte, um seine Freundin zu betrachten, sah Daniel, wie ihre Ohren zuckten und ihr Schwanz sich aufrichtete.

„Was ist?“, fragte Daniel leise.

„Kobold“, antwortete sie und zeigte den Gang hinunter. Das Wort hatte ihren Mund noch nicht ganz verlassen, da stieß Omrak einen aufgeregten Schrei aus und stürmte auf das Monster zu. Als er um die Ecke bog, stieß er mit dem drahtigen, langgliedrigen Kobold zusammen, der ebenfalls herbeieilte, um der Lärmursache auf den Grund zu gehen.

Umgekippt begann das kleine Monster gerade erst, sich aufzurappeln, bevor eine massive Faust, geschwungen in einem engen, linken Haken, sein Gesicht traf. Es hob den Kobold vollständig von den Füßen und er schlug mit dem Kopf gegen die Wand, sodass er aufbrach. Es war keine Tatsache, die Omrak bemerkte, als sein Fuß nach vorne schwang, um den Kampf zu beenden.

Erschlagen glitzerte der bräunlich graue Körper des Kobolds und brach auseinander, die Verderbnis durch Ba'al zersetzt. Im Gegenzug hinterließ der Kobold eine unbenutzte rostige Klinge und einen winzigen Manastein. Der Manastein war der Kern des Monsters, die Art und Weise, wie Erlis die Verderbnis von Ba'al in einem

Dungeon manifestieren konnte, und der gesamte Grund für die Existenz des Dungeons. Omrak bückte sich, hob den Stein auf und drehte sich dann um, um ihn Asin auf ihren Aufschrei hin anzubieten. Sie nahm ihn schnell und steckte ihn in eine sichere Tasche in ihrer Lederweste, bevor die Gruppe weiterzog.

Als sie immer mehr von der ersten Ebene durchquerten, begann Daniel, konkretere Anweisungen zu geben, während er die Gruppe führte. Jede Abzweigung, jede neue Höhle und jeder neue Durchgang wurde seiner mentalen Untergrund-Karte hinzugefügt, ein Geschenk seiner Kartografie-Kenntnisse. Nach ein paar Stunden und ein paar weiteren Kobolden fand das Trio die Treppe nach unten. Ohne ein Wort zu verlieren, trotteten sie hinunter.

In der ersten Ebene gab es keine Herausforderungen und, noch schlimmer, keine Münzen zu verdienen.

***

Die zweite Ebene war, wie Liev gewarnt hatte, ein deutlicher Kontrast. Die steinernen Gänge und engen Passagen waren verschwunden und wurden durch große, nasse Grotten ersetzt. Überall tropfte, lief und sammelte sich Wasser, und nur nasse Gänge führten durch die Höhle. Die Gruppe nahm sich einen kurzen Moment Zeit, um sich auf dem Portalstein zu registrieren, bevor sie sich vorsichtig vorwärtsbewegte.

Mit je einer Laterne in der Hand gingen Omrak und Daniel langsam vorwärts, vorsichtig bei jedem Schritt. Hinter ihnen rollte Asin mit den Augen und gähnte träge, ihre Pupillen waren geweitet, als sie die spärlichen Lichtquellen einsaugten. Anders als in der ersten Ebene traf die Gruppe schon nach wenigen Minuten auf ihren ersten Angreifer.

Die Elementarschildkröte tauchte aus dem Wasser auf und klemmte ihre steingetränkten Kiefer um Omraks Stiefel, was sie alle überraschte. Omrak knurrte, sprang reflexartig weg und schüttelte seinen Fuß in einem vergeblichen Versuch, die Kreatur loszuwerden. Heulend setzte er seinen Fuß ab und bereitete sein Schwert vor, um das Monster zu durchtrennen, wurde aber von Daniel, der Omraks Versagen vorausgesehen hatte, überrumpelt. In der Hocke schwang Daniel seinen Streitkolben und traf die Schildkröte mit voller Wucht auf dem Panzer, wodurch dieser zerbrach. Verletzt öffnete die Schildkröte ihr Maul und starb einen Moment später, als Daniel seinen Angriff wiederholte.

Asin schob sich an Daniel vorbei und schnaufte wütend, als sie den einzigen Tropfen, einen kleinen Manastein, aufhob. Sie schaute zu Omrak und dann zu Daniel, bevor sie sagte: „Nicht schmettern!"

Daniel zuckte entschuldigend mit den Schultern, während Omrak seinen Fuß untersuchte und an dem geprellten Knöchel herumstocherte. Nachdem er einen zaghaften Schritt gemacht hatte, nickte Omrak sich selbst zu und pirschte sich vorwärts, während er das Wasser genauer untersuchte. Daniels Augen verengten sich, als er den Schaden anhand der leichten

Andeutung eines Hinkens von Omrak abschätzte.

„Omrak, eine Sekunde", rief er dem Nordländer zu. Er trat nach vorne, legte eine Hand auf ihn und wand eine schnelle *Kleine Heilung* an. Der Zauber wischte einen Teil der Müdigkeit des Barbaren, seine angesammelten Prellungen und den verletzten Knöchel weg.

„Ah!" Omrak holte tief Luft, die plötzliche Abwesenheit von Schmerz war euphorisch. „Deine Heilung ist willkommen, wenn auch unnötig. Es war eine kleine Verletzung."

„Ich bezweifle, dass wir etwas anderes als kleinere Verletzungen davontragen werden", sagte Daniel und blickte sich um. Die Schildkröten waren lästig, aber auf ihrem Level nicht gefährlich. Zumindest, solange die Gruppe nicht beschloss, ein Nickerchen zu machen.

„Stimmt, das sind keine Feinde, die einer Ballade würdig sind", sagte Omrak, und Asin rollte mit den Augen. Sie drehte den Kopf, verfolgte die Wellen im Wasser in einiger Entfernung, die Lippen auseinandergezogen, um die glitzernden Zähne eines Fleischfressers zu zeigen.

„Zu weit …", sagte Daniel, und Asin nickte. Trotzdem behielt sie ihn im Auge, als Omrak wieder losging.

„Lasst uns den Ort kartieren. Denkt daran, unser Ziel ist die dritte Ebene", sagte Daniel, und der Riese vor ihm grummelte zustimmend.

***

Feuerschildkröten. Wasserschildkröten. Blitzschildkröten. Steinschildkröten. Luftschildkröten, die mit ihren winzigen Flügeln und ihrer Neigung, sich zum Angriff auf die Gruppe fallen zu lassen, einfach seltsam waren. Stunden später, als sie sich dem Abend näherten, hatte Daniel die Nase voll von Schildkröten. Die Gruppe hatte schnell eine Methode entwickelt, um mit den Monstern umzugehen, aber das machte die Wiederholungen und den Ärger nicht weniger.

Omrak hatte sein Großschwert gegen sein Messer ausgetauscht und benutzte den Knauf, um Schildkröten zu zertrümmern oder ihnen in die Eingeweide zu stechen, nachdem er sie mit seinen Armen umgeworfen hatte. Daniels treuer Streitkolben war gut geeignet, um diese

Monster zu töten, und nur Asin, der die rohe Kraft oder die richtige Bewaffnung fehlte, fand sich meist als unwirksam wieder. Wäre da nicht ihr verzauberter Armreif gewesen, der ihren Angriffen kleine elektrische Wellen hinzufügte, wäre sie völlig wirkungslos gewesen. So wie es aussah, verbrachte Asin den größten Teil der Ebene damit, die beiden Nahkämpfer zu beobachten.

Omraks Tasche auf seinem Rücken füllte sich mit den vom Dungeon erschaffenen Panzern. Bis auf einen einzigen wirbelnden, feuergemusterten Panzer waren alle anderen zu dem Stapel hinzugefügt worden. Asin behielt diesen Panzer selbst, um ihn ihrer Steinsammlung zu Hause hinzuzufügen.

„Pause?", schnaufte Asin, als ihr Magen knurrte.

Daniel sah sich in der geräumten Höhle um, nickte, schnallte seinen Rucksack ab und setzte sich in der Nähe eines Felsens, der nicht weit vom Wasser entfernt war. Das Trio setzte sich schnell einander gegenüber, sodass sie die Höhle im Auge behalten konnten, während sie aßen.

„Du isst nicht viel, oder?", sagte Daniel und blickte auf das eingepackte Sandwich, das in Omraks massigen Händen wie Zwergenfutter wirkte.

„Ah …", sagte Omrak, während er sichtlich zögerte.

Asin stieß ein Schnauben aus, bevor sie einen kleinen Stein aufhob und ihn an Daniels Kopf warf. Daniel zuckte zusammen und starrte seine Freundin an, während sie schnaubte und einen Teil ihres eigenen Sandwiches abriss und es Omrak wortlos anbot.

„Ich kann nicht …“

„Iss“, knurrte Asin und stupste ihn an. „Du kämpfst.“

Omrak starrte Asin verwirrt an.

„Sie meint, dass du die meisten Kämpfe ausgetragen hast“, erklärte Daniel für Asin, die anerkennend nickte.

„Ah …“ Omrak warf noch einmal einen Blick auf das angebotene Sandwich, bevor er es annahm. „Ich danke Euch, Heldin Asin.“

Als Omrak einen Bissen von dem Sandwich nahm, weiteten sich seine Augen, und er begann zu schnaufen, der Mund weit geöffnet. Daniel verkniff sich ein Lachen und realisierte, was passiert war, während Omrak hastig aus seinem Wassersack trank.

„Du bist eine wahre Heldin, das zu essen", sagte Omrak, dessen Augen voller Bewunderung waren, als er Asin dabei beobachtete, wie sie weiter auf ihrem Sandwich und dem gewürzten Fleisch kaute. Als er Asin die halb gegessene Portion zurückgab, sagte Omrak: „Ich fürchte, diese Herausforderung ist für mich zu groß."

„Das ist ein gewöhnungsbedürftiger Geschmack", sagte Daniel und seine Augen funkelten vor Humor. Asin schniefte nur, obwohl Daniel den träge schwingenden Schwanz bemerkte, der ihre eigene Belustigung anzeigte. Er nahm sein eigenes Sandwich auseinander und tauschte mit Omrak die Reste der ihm angebotenen Portion. „Schmeckt aber gut, wenn man sich daran gewöhnt hat."

Omraks Augen weiteten sich noch mehr, als er Daniel dabei beobachtete, wie er einen Bissen von dem Sandwich nahm. Die einzige sichtbare Reaktion des stämmigen Abenteurers war ein leichtes Ansteigen der Atmung.

„Wahrlich, ich befinde mich in der Gesellschaft großer Helden."

***

„Ebenen-Champion?", grummelte Omrak fragend, als sie in die große Höhle spähten. Darin saß eine einzelne Elementarschildkröte und betrachtete ihre Umgebung. Ihr Panzer hatte Wirbel in einem Muster aus Rot, Grau und dem ersten Weiß, was auf eine Einstimmung auf Feuer, Erde und ein weiteres Element hindeutete.

Das Monster war doppelt so groß wie ihre vorherigen Gegner, etwas über einen Meter lang und einen halben Meter hoch.

Elementar-Schildkröten-Champion (Level 4)

HP: 280/280

„Wahrscheinlich. Seht ihr die Treppe?", sagte Daniel und nickte am Wächter vorbei, wo eine Treppe nach unten führte.

„Ja. Das sollte ein guter Kampf werden", sagte Omrak, als er sein Messer in die Scheide steckte und sein Großschwert herauszog. Asin zuckte dabei zusammen. Omrak hatte vergessen, seine Stimme zu senken, da er von der Aussicht auf den Kampf aufgeregt war.

Als die Schildkröte ihren Blick auf das Versteck der Drei richtete, stieß sie ein leises Brüllen aus, begleitet von einem Feuerschwall. Das Trio huschte nach hinten und versteckte sich hinter einem Felsvorsprung, bis die Flammen erloschen waren; Asin knurrte leise, weil sie den Überraschungseffekt verloren hatten.

In dem Moment, als das Feuer erlosch, stürmte Omrak aus der Deckung und schrie seinen eigenen Kampfgeist heraus. Die Schildkröte konterte und zog im letzten Moment ihren Kopf in ihren Panzer zurück, als sie bemerkte, dass Omrak nach ihr schlug. Die plötzliche Änderung des Schwungs des Monsters ließ Omraks Angriff kurz ausfallen, der Schlag traf nur mit der Kante der Klinge und hinterließ einen kleinen Kratzer auf dem Panzer der Schildkröte. Der anfängliche Schwung der Schildkröte war ungebremst und stieß den Barbaren von den Füßen, sodass der Nordländer gezwungen war, sich über das kleinere Monster zu werfen.

Hinter Omrak folgte Daniel noch vorsichtiger. Tief geduckt setzte er einen *Doppelschlag* ein, sein eigenes Skill, das seinen Streitkolben verschwimmen ließ, als er auf den Panzer der Schildkröte einschlug. Jeder Angriff kratzte am Panzer, hinterließ aber keine weiteren sichtbaren Schäden.

Zischend zog sich die Schildkröte aus ihrem Panzer und schnappte nach Daniel. Daniel fing den Angriff tief auf seinem Schild ab und stolperte leicht, als er versuchte, sein Gleichgewicht aus dem niedrigen Winkel des Angriffs wiederzufinden. Als die Schildkröte sich darauf vorbereitete, erneut zuzubeißen, kam ein Fächer von Wurfmessern, deren Blitze sich in den entblößten Körper bohrten.

Vor Schmerz schnellte die Schildkröte zurück in ihren Panzer und schlug dabei die Messer frei. Omraks eigener Schwung, der horizontal schwang, verfehlte die Beine und schlug den Panzer zur Seite, sodass er sich drehte. Einen Moment lang fragten sich die Abenteurer, ob ihre Augen ihnen einen Streich spielten, als der Panzer mit einem inneren weißen Licht glühte.

Daniel bewegte sich vorsichtig vorwärts und bereitete sich darauf vor, den Angriff auf das Monster fortzusetzen. Als es seinen Kopf herausstreckte, schickte Asin ein Messer nach ihm, das von dem Monster, das nach vorne stürmte, geblockt wurde. Asin knurrte leicht und bereitete ein weiteres

Messer vor, als die Schildkröte ihr Maul öffnete, um erneut Feuer zu spucken. Daniel starrte auf das glühende Maul und rannte seitlich auf den Rand des Wassers zu, duckte sich und bedeckte seinen Körper mit dem Schild, selbst als die Flammen hochschlugen.

Hinter Daniel war Omrak, der einen direkteren Weg nahm und über den Angriff hinwegsprang. Der Barbar schwang seine Klinge nach unten, wobei das Großschwert den Panzer mit einem lauten Klirren von Metall zerbrach. Asin warf einen *Durchbohrenden Schuss* zur Seite, der sich durch das Bein des Monsters bohrte und den Ebenen-Champion lahmlegte.

Die Schildkröte brüllte vor Schmerz und glühte weiß, als sie versuchte, die Wunden zu heilen. Wasser spritzte aus ihrem Körper und Daniel rannte aus den Untiefen, um nach der Schildkröte zu schlagen, die auswich, indem sie sich in ihren Körper zurückzog. Frustriert warf Omrak sein Schwert beiseite und griff nach dem Rand des Ungetüms, um es mit einem Kraftstoß umzudrehen.

Der weiche Unterbauch des Monsters lag frei, und sowohl Asin als auch Daniel schlugen mit Angriffen auf das Monster ein, dessen Heilungsfaktor nicht mithalten konnte. Omrak, der sein Schwert zurückgeholt hatte, versetzte dem Monster den letzten Schlag, indem er seine Klinge in den entblößten Unterleib des Monsters stieß. Blaue Lichtflecken explodierten und tanzten über die Gruppe, bevor die riesige Hülle des Champions und ein Manakristall zurückblieben.

Die Gruppe keuchte vor Erschöpfung, das Adrenalin ging langsam zur Neige. Daniel richtete sich auf, bevor er seine *Kleine Heilung* auf Omrak und sich selbst wirkte, um die angesammelten Verletzungen der Gruppe zu heilen. Omrak grinste, die Kampfeslust stand ihm noch immer in den Augen, während Asin nur den Kopf schüttelte. Ihr einziger Fernkampfangreifer zu sein, hatte seine Vorteile.

Nach einigem Suchen fand die Gruppe schließlich die Ebenentruhe, die der Champion bewachte. Darin befand sich die Belohnung – der Manakristall der Ebene, ein viel größerer und höherwertigerer Kristall. Wie immer steckte Asin den Kristall für die Gruppe ein, ihr Schwanz wedelte vor Freude.

„Runter?", fragte Asin.

„Nur, um uns zu registrieren", mahnte Daniel, und Asin nickte zustimmend. Es war zu spät, um eine weitere Ebene zu beginnen.

***

Nachdem sie sich am Portalstein in der dritten Ebene registriert und zurückbefördert hatten, streckte sich das Trio draußen. Daniel grüßte freundlich die neuen Wachen, bevor die Gruppe gut gelaunt in Richtung Gildenhalle ging. Sie hatten beide Ebenen an einem einzigen Tag geschafft!

„Omrak, musst du dein Schwert reparieren?", fragte Daniel und erinnerte sich an den massiven Schlag, den der Nordländer gelandet hatte.

„Nein. Der Segen von Lund liegt auf meinen Waffen", antwortete Omrak. Auf die hochgezogene Augenbraue, die er erhielt, erklärte Omrak: „Es ist ein Skill, der die Haltbarkeit und Stärke meiner Waffen erhöht. Mein Schwert wird nicht repariert werden müssen."

„Hm", sagte Daniel. Als er Omraks Kampfstil betrachtete, konnte Daniel sehen, wie nützlich ein solcher Skill sein konnte. Er fuhr mit einem Finger an den Kanten seines Streitkolbens entlang und bemerkte das verformte Metall. Bald würde er sich entweder eine neue Waffe besorgen oder diese reparieren müssen. Zu Daniels Glück brauchten Streitkolben wesentlich weniger Pflege als Schwerter. Immerhin war ein stumpfer Streitkolben immer noch gefährlich.

In der Gildenhalle näherte sich die Gruppe Liev, als sie an der Reihe war. Asin überreichte schnell ihre Manasteine, während Omrak den Beutel mit den Panzern anbot. Liev winkte die Gruppe zu einem breiteren Tisch in der Nähe, damit er ihren Verdienst richtig einschätzen konnte. Während Liev ihren Verdienst sortierte und zählte und die Summen der einzelnen Gegenstände murmelte, beobachteten Asin und Omrak das Geschehen mit gespannter Aufmerksamkeit.

„Neun Silber und vier Kupfer", verkündete Liev, als er fertig war. Asin und Omrak nickten beide sofort und warfen sich dann einen langen, abwägenden Blick zu. Daniel hingegen hatte den anderen Abenteurern beim Hereinströmen zugesehen und sich damit begnügt, auf seine Freunde zu vertrauen.

„Das ist eine Menge", sagte er. Sein erster Streifzug durch den Dungeon von Karlak hatte ihm nur vier Silber eingebracht, soweit er sich erinnern konnte.

„Ja. Der Panzer des Champions ist von guter Qualität und selten, und der Manastein, den du zurückgebracht hast, ist von etwas höherer Qualität als zuvor", sagte Liev. So gut die Ausbeute auch für das Level war, für eine Gruppe ihrer Größe waren die neun Silberstücke nur drei für jeden. Eine anständige, aber keine besondere Ausbeute.

„Wir haben es auch in die dritte Ebene geschafft", fügte Daniel hinzu, neugierig, ob sie auch dafür ein Siegel benötigten.

„Wirklich? Glückwunsch! Ich werde die Wachen informieren", sagte Liev.

Normalerweise hätte er irgendeine Form von Beweis verlangt, aber diesen beiden vertraute er. Nachdem Liev die Gruppe ausbezahlt hatte, sortierte Asin das Wechselgeld, bevor die Gruppe den Plan bestätigte, morgen die dritte Ebene zu testen.

Kapitel 3

„Das ist eine komische Ebene", murmelte Daniel und stieß gegen die Wände. Die Gruppe stand direkt vor dem Portalraum der dritten Ebene und stieß und stupste verwirrt an die Wände und den Boden. Die gesamte Ebene bestand aus einer seltsamen, flexiblen Substanz, die sich bei Druck verformte. Je stärker man gegen die Wände drückte, desto schneller formte sich die Wand zurück. Ein Experiment von Omrak hatte ihn von den Füßen geworfen, nachdem er gegen die Wand gestoßen war.

„Sehr seltsam", zischte Asin, ihre Nase zuckte. Der ganze Boden roch für sie seltsam, ein leicht beißender, saurer Geruch, der ihr bisher nicht begegnet war. Es ließ ihr Fell leicht aufstehen und verlangsamte das träge, unbewusste Schwingen ihres Schwanzes.

„Asin, kannst du die Führung übernehmen?", fragte Daniel. Wie seine Freundin spürte er etwas Seltsames in dieser Ebene und wollte die besseren Sinne der Beastkin vorne haben.

Als Asin vorwärts trottete, nickte Daniel Omrak zu, damit er ihr folgte, während er die Nachhut bildete. Was für ein Monster lebte schon an einem Ort wie diesem?

Die Antwort darauf war so seltsam wie die Ebene selbst. Ihre erste Warnung war das widerhallende Quietschen ausgestoßener Luft, vermischt mit dem Geräusch kontinuierlicher Kollisionen gegen die Wände. Die Gruppe zog ihre Formation zusammen, Daniel hob seinen

Schild, während Asin tief zu seiner Seite kauerte.

Der Lärmverursacher hüpfte mit hoher Geschwindigkeit um die Ecke. Ein reflexartiger Stoß von Omrak und ein geworfenes Messer von Asin verfehlten es beide, als das sich schnell bewegende Monster von einer Wand zur nächsten prallte. Es prallte gegen Asins Schulter und warf die Catkin aus dem Gleichgewicht, bevor es auf die flache Seite von Omraks Klinge prallte und von der Decke auf Daniel zustürzte. Da er nicht vollständig ausweichen konnte, senkte Daniel seinen Kopf und ließ das Monster gegen seinen Helm prallen. Der größte Teil der Wucht wurde vom Helm absorbiert, aber trotzdem schmerzte Daniels Nacken.

So schnell wie es angegriffen hatte, war das Monster wieder weg und hüpfte an der Gruppe vorbei. Sie richteten sich auf und starrten sich gegenseitig verwirrt an. Keiner von ihnen hatte es geschafft, einen guten Blick auf das Monster zu werfen, bevor es weg war, was sie noch mehr verwirrte.

Ein paar Minuten später wurde das Trio auf weitere ankommende Monster aufmerksam gemacht. Asin kauerte sich wieder tief hin, ihre Ohren bewegten sich, als sie die Angreifer verfolgte, während die anderen sich zum Kampf bereit machten. Diesmal kamen ein paar der Kreaturen auf sie zu und hüpften den langen Korridor entlang. Asin, die ihre Bewegungen verfolgte, wartete, bis das Hauptmonster aufgesprungen war, bevor sie ihr Messer warf. Die Catkin knurrte wütend, weil sie die

Geschwindigkeit falsch eingeschätzt hatte, und versuchte es erneut. Diesmal gelang es ihr, das Monster zu erwischen, das ein wütendes Quieken ausstieß.

Omrak wartete, bis das nächste Monster in Reichweite war, bevor er zuschlug. Sein Großschwert pfiff durch die Luft und verfehlte beide Monster. Der erste Angreifer prallte von der Wand ab, traf Omraks Oberschenkel und dann seinen Unterleib, bevor er an der Decke aufschlug und zurückprallte, um ihn erneut anzugreifen. Das zweite Monster prallte vom Boden ab und schlug in Asins Bauch, wodurch sie umgeworfen wurde, bevor es an die Decke und dann an Omraks Kopf abprallte. Seine neue Flugbahn war direkt auf Daniel gerichtet. Blitze tanzten, als Asin sie traf, aber sie schienen die Kreatur kaum zu verlangsamen.

Daniel, dem mehr Zeit zur Verfügung stand, um sich vorzubereiten, startete einen *Schildschlag* auf das Monster. Der Schild schlug auf das Monster ein, komprimierte die Kreatur und schickte sie mit hoher Geschwindigkeit rückwärts auf Asin zu. Asin zuckte reflexartig zurück, hob das Messer in ihrer Hand und spießte versehentlich das sich schnell bewegende Monster auf. Unter der kombinierten Wucht prallte sie nach hinten ab und starrte auf das tote Monster, das sie nun mit ihrem Messer fixierte.

Omrak, der endlich die Nase voll hatte, streckte die Hand aus und packte das Monster, als es wieder auf die Schulter des Barbaren prallte. Er knurrte, als das Monster seine Zähne um seine Hand klammerte, bevor er die Kreatur weiter zermalmte. Selbst mit seinem Skill *Geringe Kraftverstärkung* weigerte sich das Monster zu sterben. Je fester er zudrückte, desto stärker schien es sich zu wehren. Mit einem Schrei klemmte Omrak eine zweite Hand um seine eigene und übte noch mehr Kraft aus, bis er schließlich den harten Kern fand, der das Körperinnere der Kreatur ausmachte, und ihn zerdrückte.

Asin starrte unterdessen auf das aufgespießte Monster, eine grobe, kugelförmige Kreatur, deren Körper sich sehr ähnlich anfühlte wie das Material der Wände um sie herum. Es hatte eine Reihe von kleinen, winzigen Beinen rund um seinen Körper, mit denen es sich fortbewegte, und, wie Omrak herausgefunden hatte, einen inneren, festen Kern.

Twinkin-Kugel
HP: 0/27

Die Kreaturen lösten sich schließlich in Lichtmoleküle auf und ließen Manakerne und einen Splitter ihrer dehnbaren Haut zurück.

„Also … Okay. Das ist also gerade wirklich passiert", sagte Daniel schließlich in die Stille hinein.

***

„Schaut nach oben!", rief Daniel und schwang seinen Streitkolben mit voller Wucht auf das hüpfende Monster Stunden später. Getroffen stauchte sich das Monster zusammen und flog rückwärts auf Omrak zu, der den Winkel seiner Klinge leicht verlagerte und das Monster an der Schneide seines Schwertes zerteilte.

Zu Daniels Linken warf Asin einen *Durchbohrenden Schuss*, der eine weitere Kugel durchbohrte und an die Wand drückte. Sie kämpfte einen Moment lang, bevor sie schließlich erlosch und sich vollständig auflöste. Das dritte Monster prallte von Daniels Schulter ab und verletzte ihn, bevor es entkam.

Kichernd rieb sich Daniel durch seine Rüstung an der Schulter, während sich die anderen neu gruppierten. Nach stundenlangem Herumwandern in der dritten Ebene hatte die Gruppe drei Dinge gelernt. Erstens, dass es in diesem Dungeon keine Fallen gab. Zweitens, es war selten, dass die Twinkin-Kugeln nach ihrem ersten Angriff ausharrten. Und schließlich kamen zwar regelmäßig Angriffe, aber die Monster schienen nicht in der Lage zu sein, mit jedem Angriff viel Schaden anzurichten.

„Sollen wir gehen?", fragte Daniel, und auf Asins Nicken hin bewegten sie sich weiter in den Dungeon hinein. Ein paar Minuten und ein paar Angriffe später fand sich die Gruppe mit Blick auf ihre erste richtige Höhle in der Ebene wieder. Sie starrten auf die zahlreichen Säulen, die den Boden übersäten und sich nach oben schlängelten, während ein kleiner, steiler Pfad zum Boden der Höhle hinunterführte. In einer Ecke konnten sie eine weitere Treppe sehen, die in die vierte Ebene hinunterführte. Im flackernden Licht der mit Mana durchtränkten Wände sah die Gruppe Dutzende von Twinkin-Kugeln, die wild umherhüpften und gegen Säulen und einander prallten. Überall in der Höhle waren weitere Ausgänge verteilt, die zu verschiedenen Orten führten. Gelegentlich hüpften Kugeln in diese Eingänge hinein oder aus ihnen heraus.

„Wir müssen runter", murmelte Daniel.

„Gefährlich", sagte Asin.

„Aye, ein einzelner Treffer ist nichts für Helden wie uns. Aber auf diesem Weg und mit so vielen …", grummelte Omrak. Daniel blinzelte und sah den Barbaren an. Es schien, als hätte er doch etwas Vorsicht in sich.

„Trotzdem, ein Held kann nur vorwärtsgehen. Ich werde euch den Weg weisen."

Oder auch nicht.

„Ähm …“, sagte Daniel und zermarterte sich das Hirn nach einem besseren Plan.

„Seil“, sagte Asin, die bereits ihren Rucksack abschnallte. Daniel nickte schnell zustimmend. Es dauerte nur wenige Augenblicke, bis sich das Trio aneinandergebunden hatte. Als zusätzliche Vorsichtsmaßnahme banden sie ein weiteres Seil an eine nahegelegene Säule und schlossen die Seile, die sie an sich selbst gebunden hatten, daran an. Ein letzter Knoten am Ende des Seils gab ihnen zusätzliche Sicherheit, bevor sie die Seile in den Eingang warfen.

„Kommt, wir werden sonst einen Wirbelsturm aus …“ Omrak hielt inne und starrte nach draußen. „Kugeln ernten.“

„Geh.“ Asin stupste den Riesen an, der sich von der scharfen Klaue wegbewegte.

Beim Verlassen der Höhle bahnte sich das Trio langsam seinen Weg hinunter auf den Höhlenboden, die Augen wachsam. Die Twinkin-Kugeln schienen zunächst nichts von ihrem Abstieg mitzubekommen, doch schon bald bemerkte das Trio eine Veränderung in ihren Bewegungen. Mehr und mehr Monster begannen sich auf sie zu stürzen. Daniel rollte sich leicht hinter seinem Schild zusammen und knurrte, während er sich auf den Kampf vorbereitete. Vorne hatte Omrak zu seinem großen Messer gewechselt und hielt es in der linken Hand, während die rechte das Seil umklammerte. Asin zog ebenfalls ihre Nahkampfmesser, bereit, sich zu verteidigen, wenn die Monster näherkamen.

Daniel blockte die ersten paar Angriffe mit seinem Schild und ließ jedes Monster daran in die Dunkelheit abprallen. Sein Streitkolben war als Waffe gegen diese Monster so gut wie nutzlos, und so konnte er sich nur schützen, während sie sich nach unten drängten. Asin drehte und duckte sich, schlug auf die vorbeiziehenden Monster ein und musste gelegentlich einen Schlag auf ihren Körper einstecken. Der Größte des Trios, Omrak, wurde von den hüpfenden Kreaturen grün und blau geschlagen, selbst als er sein Messer in meist vergeblichen Schlägen schwang.

„Weitergehen!", rief Daniel durch den Lärm, als die Kugeln auf sie zustürmten. Unter der Flut von Monstern, die in immer größerer Zahl ankamen, überhörte Omrak Daniels Warnung und begann, sich auf Verteidigung und Angriff zu konzentrieren, bis er schließlich zum Stillstand kam.

Asin, kleiner und leichter als beide, rollte sich näher an der Wand zusammen. Mit ihren Messern in den Händen schlug die Catkin nach jeder Bewegung, die sie sah, selbst als um sie herum Lichtbögen tanzten, als die Monster sie und ihre verzauberte Aura trafen. Knurrend, während sie immer mehr Prellungen erlitt, schlug Asin auf ihren Ringkragen und die Rune darauf aktivierte den Schildzauber. Er flammte auf, ihre Aura wurde so gestärkt, dass die Monster an ihr abprallten, bevor sie auf sie einschlagen konnten. Nach einer kurzen Atempause von den Angriffen stand Asin auf und begann, Messer zu werfen, wobei sie ihr Skill *Messerfächer* einsetzte, um auch Omrak einen kurzen Moment der Erleichterung zu verschaffen.

Omrak, der die Sinnlosigkeit des Stehens und Kämpfens erkannt hatte, hatte bereits begonnen, sich nach unten zu drängen. Durch die Lücke, die durch Asins Messer entstanden war, stürzte der Nordländer hinunter. Eine Hand schützend vor sein Gesicht haltend, eilte er den Weg entlang und stolperte in seiner Eile fast über seine eigenen Füße. Jeder Schlag schien ein tieferes rotes Glühen aus seinem Körper zu ziehen, das sich nach außen ausbreitete und seine Bewegungen sicherer werden ließen. Auf dem Boden zog der Barbar sein Schwert und die Waffe tanzte, als sie die Twinkin-Kugeln zerschnitt, wobei ein breites Grinsen auf seinem Gesicht erschien.

Hinter ihm schlüpfte Asin schnell an Daniel vorbei und bahnte sich ihren Weg zum Boden der Höhle, um leicht hinter

Omrak Stellung zu beziehen. In der Sicherheit seiner größeren Gestalt hieb Asin auf die Monster ein, die Omrak verfehlte, bevor sie wieder weghüpfen konnten. Daniel kam als Letzter an, zusammengekauert hinter seinem Schild. Auf dem Boden angekommen, nahm er links von Omrak Stellung und bot seine magere Unterstützung an, indem er Angriffe von einer Seite blockte. Von den Dreien sorgte sein größeres Level an Rüstung und Schilden dafür, dass er am wenigsten verletzt wurde.

„Wie viele sind es?", keuchte Daniel.

„Eins. Zwei. Viele!", knurrte Asin und fixierte eine weitere Kugel.

„KOMM. STELL DICH MIR. ICH BIN OMRAK, SOHN DES LOSIN", rief Omrak, während er sein Schwert um sich herumwirbelte. Aus den Augenwinkeln sah Omrak etwas Größeres durch die Luft fliegen, eine Kugel von der Größe von Daniels Schild. Bevor Omrak es angreifen konnte, schleuderte die riesige Twinkin-Kugel den Barbaren von den Füßen.

„Champion", fauchte Asin, und Daniel nickte, beugte sich hinunter, um Omrak zu schützen, indem er eine Hand auf den Nordländer legte. Gebrochene Rippen, gequetschte Muskeln und eine aufgebissene Lippe waren das, was Daniel mit seiner Gabe fast sofort spürte. Er stöhnte, als er seine Gabe abklingen ließ, auch wenn es ihn die Erinnerung an sein letztes Brotrezept als Bezahlung kostete. Eine *Kleine Heilung* würde Omrak in Ordnung bringen.

Bevor Daniel den Zauber sprechen konnte, kam Omrak mit Gebrüll auf die

Beine. Mit blutunterlaufenen Augen und rotem Licht, das aus seinem Körper sickerte, suchte der Nordländer nach dem Monster und zerschnitt untätig eine angreifende Kugel. Die vereinten Anstrengungen des Trios hatten die Anzahl der Monster bereits deutlich reduziert, sodass Angriffe nur noch gelegentlich kamen.

„Da!", sagte Daniel, als er den hüpfenden Champion entdeckte.

Omrak bewegte sich und hielt sein Schwert bereit, als der Champion sich für einen Angriff aufstellte. Ohne auf Omrak zu achten, rollte er auf Asin zu, nur um von Daniel abgefangen zu werden, der das Monster mit dem Schild nach hinten zu Omrak drängte. Der Schwung war so groß, dass Daniel einen leichten Riss in den Muskeln und Sehnen seiner Schulter spürte.

Es war nicht umsonst, denn Omrak spießte den Champion mit seinem Großschwert auf und beendete sein Leben. Bald darauf räumte die Gruppe die Höhle und holte alle Steine, bevor sie in die nächste Ebene hinuntereilten.

In der Sicherheit des Foyers in der vierten Ebene ruhte sich die Gruppe aus. Daniel stöhnte auf und wirkte auf alle drei das *Zeichen des Heilers*, bevor er auf Omrak, der am schwersten verwundet war, erneut eine *Kleine Heilung* anwandte. Nach getaner Arbeit als Heiler der Gruppe seufzte Daniel und lehnte sich an die Wand, während er darauf wartete, dass die Heilzauber wirkten. Er bemerkte bereits, wie stark sein Mana durch diese einfachen Zauber gesunken war.

Während die Gruppe wartete, warf Daniel einen Blick auf die Benachrichtigung auf seinem Bildschirm und auf seinen vollständigen Statusbildschirm.

Skill-Levelaufstieg

Das Keulen-Skill wurde auf Level Novize erhöht. +5 % Schaden für alle keulenbasierten Waffen.

Name: Daniel Chai
Klasse: Level 7 Abenteurer (31 %)
Unterklassen: Level 7 (Bergmann) (14 %)
Mensch (männlich)

Statistik
Leben: 243
Ausdauer: 243
Mana: 177

Attribute
Kraft: 23
Beweglichkeit: 21
Beschaffenheit: 29
Intelligenz: 18
Willenskraft: 18
Glück: 14

Skills

Waffenloser Kampf: Level 3 (38/100)
Keulen (Novize): Level 1 (04/100)
Bogenschießen: Level 2 (48/100)
Schutzschild: Level 9 (44/100)
Ausweichen: Level 6 (19/100)
Kampf-Sinn: Level 7 (03/100)
Wahrnehmung: Level 6 (77/100)
Bergbau: Level 7 (78/100)
Heilen: Level 9 (44/100)
Kräuterkunde: Level 3 (31/100)
List: Level 2 (14/100)
Kochen: Level 3 (89/100)
Singen: Level 2 (14/100)

Skillfertigkeiten
Doppelschlag
Schildschlag
Perins Schlag
Kartografie (II)

Zaubersprüche
Kleine Heilung (I)
Zeichen des Heilers (I)

Gaben
Berührung des Märtyrers – Der Zaubernde
kann sich selbst oder andere durch
Berührung und Konzentration heilen und
opfert dafür einen Teil seines Lebens. Die

> Kosten variieren je nach Ausmaß der geheilten Verletzungen.

Nicht so gut wie ein Levelaufstieg, aber es würde reichen, dachte Daniel. Während ihre Wunden heilten, betrachteten seine Gruppenmitglieder neben ihm auch ihre eigenen Benachrichtigungen.

„Mehr?", fragte Asin, nachdem die Gruppe endlich von ihren Benachrichtigungen weggesehen hatte.

„Ich bin bereit", sagte Omrak und streckte sich.

„Nein, lasst uns zurückgehen", sagte Daniel. „Wir haben einen Haufen Steine und es ist schon spät. Außerdem habe ich fast kein Mana mehr, also wenn es da draußen etwas gibt …"

„Level Vier!", wies Asin darauf hin.

„Ja … und das war ein Level Drei. Wir hatten nicht die richtige Ausrüstung. Wir machen das prima, Asin", argumentierte Daniel zurück, während Omrak ruhig zusah.

Asin starrte Daniel mürrisch an, bevor sie sich an Omrak wandte. „Abstimmen!"

„Lasst uns weitermachen. Ich sehne mich danach zu sehen, was als Nächstes kommt", grummelte Omrak, und Asin sah Daniel grinsend an. Der stämmige Abenteurer seufzte nur und winkte sie zum Eingang. Gut, es sah auf jeden Fall so aus, als würden sie sich die nächste Ebene ansehen.

***

„Armbrust?", fragte Asin und starrte nach oben, als sie unter dem Kerkerhimmel standen. Und ein Himmel war es wirklich, denn es gab sogar Wolken, die zusammen mit Vögeln darüber schwebten. Es waren die Vögel, die Asin beobachtete, und ihre langen, scharfen Krallen glitzerten. Als sie am Ausgang stand, holte sie tief Luft und schmeckte die Gerüche in der Luft. Selbst jetzt, unter der Erde, roch es nach frischer Luft und Gras, nach Bäumen und Blumen. Sogar ein Windhauch zerzauste ihr Fell.

„Ich habe sie nicht mitgebracht", sagte Daniel, und Omrak schüttelte seinerseits den Kopf.

„Netz. Bogen", murmelte Asin vor sich hin, und Omrak musste zustimmend nicken. Es schien, dass ein Netz, um die sich schnell bewegenden Monster zu fangen, oder ein Bogen, um sie auf Distanz zu töten, bald auf die Liste der Dinge gesetzt werden würde, die ein Karlak-Abenteurer benötigte. Für die

Kaufleute der Stadt wäre das sicherlich ein Segen.

„Ich fürchte, wir müssen umkehren. Wir sind dafür nicht ausgerüstet“, polterte Omrak, und Asin nickte widerwillig. Sosehr sie sich die Ebene auch genauer ansehen wollte, war sie nun überstimmt.

„Na ja, wenigstens haben wir es so weit geschafft“, tröstete Daniel die Gruppe, als sie sich wieder in die Eingangshalle zurückzogen und den Dungeon verließen. In nur zwei Tagen die vierte Ebene zu erreichen, war ziemlich gut, vor allem wenn man bedenkt, dass der Dungeon selbst als Anfänger-Dungeon nur maximal zehn Ebenen hatte. Als sie den Raum verließen, warf Asin einen letzten, sehnsüchtigen Blick über ihre Schulter.

Kapitel 4

„Daniel. Asin. Omrak", grüßte Liev, als das Trio zu seinem Tresen ging. Er hob eine Augenbraue, als Omrak sich umdrehte und seinen Rucksack auf den Tisch fallen ließ. Wie der Dungeon hatte auch die Abenteurergilde eine kleine Veränderung erfahren. Die brusthohen Tresen, an denen die Aufseher gearbeitet hatten, waren verschwunden. Stattdessen hatten Tische die Theken ersetzt, auf denen die Abenteurer ihre Beute ablegen konnten. Anders als der alte Dungeon von Karlak schien der neue Dungeon durch zusätzliche Beute zu glänzen.

„Ist sie etwas wert?", fragte Daniel, als Liev die Haut der Twinkin-Kugel untersuchte.

„Hm …, wir können euch ein Kupfer pro fünf Häute anbieten“, sagte Liev schließlich und legte die Haut zurück auf den Tresen. Asin zischte daraufhin, ihre Augen verengten sich misstrauisch. „Das ist ein neuer Loot-Drop. Solange wir nicht mehr darüber erfahren, welchen Nutzen es haben könnte, ist der Kauf rein spekulativ.“

Asin knurrte wieder, während Omrak nur gleichmütig mit den Schultern zuckte.

„Asin, willst du das behalten? Vielleicht, wenn sie wissen, was es ist …?“, fragte Daniel.

Die Catkin knurrte Daniel an, bevor sie sich wieder fing und die Stücke anstarrte, widerwillig nickte und akzeptierte. Omrak sammelte die Stücke ein und stopfte sie zurück in seine Tasche, um den Tisch für Asin freizumachen, die die Manasteine ablegte. Als Liev die großen Manasteine vom Champion und der Ebenentruhe erreichten, hielt er inne und hob eine buschige rote Augenbraue.

„Hast du die Treppe nach unten gefunden?", sagte Liev.

„Ja, wir sind für die vierte Ebene angemeldet", sagte Daniel stolz.

„Sehr gut! Ich glaube, damit seid ihr die erste Gruppe, die so weit gekommen ist", sagte Liev und lächelte leicht. „Gut gemacht."

„Ihr Dank ist sehr willkommen, Aufseher Halliope", sagte Omrak. Daniel blinzelte und versuchte sich zu erinnern, wo er diesen Namen schon einmal gehört hatte. Nach einem Moment verwarf er ihn wieder. Wahrscheinlich hatte er irgendwann einmal gehört, wie jemand anderes Liev mit seinem

Familiennamen ansprach. Es könnte sogar ein Fragment sein, das von seiner Gabe zurückgelassen wurde. Es war ungewöhnlich, aber gelegentlich nahm seine Gabe eher Fragmente einer Erinnerung auf als ganze Abschnitte.

„Dann solltet ihr euch die Questtafel ansehen. Wir haben sie erst heute ausgehängt", sagte Liev und lächelte die Gruppe an, als er ihre Einnahmen zählte. Der Stapel Münzen, den er nach vorne schob, war deutlich kleiner als der von gestern, was Asin eine Grimasse ziehen ließ, als sie den Betrag aufteilte.

„Danke, Liev, das werden wir", sagte Daniel und winkte dem rothaarigen Aufseher zum Abschied, während er zur Tafel hinüberging. Er brauchte nicht zu fragen, zu welcher Quest Liev ihn geführt hatte, denn der Aushang dominierte die Tafel.

Dungeon-Abschluss

Die Abenteurergilde von Karlak hat eine einmalige Zahlung von 50 Gold für den Abschluss des neu organisierten Karlak-Anfänger-Dungeons genehmigt. Das ist eine offene Quest für alle Gruppen. Der Abschluss der Quest wird durch die Übergabe des Manasteins des Dungeonbosses festgestellt.

Daniel las die Notiz, bevor Omraks eindringlicher Ellbogen ihn dazu brachte, sie laut vorzulesen. Omrak sog einen Atemzug ein, als er die Questbelohnung hörte.

„Ich könnte eine Farm kaufen …", murmelte Omrak vor sich hin.

„Farm?“ Asins und Daniels gleichzeitiger Ausruf des Unglaubens ließ Omrak sie verwirrt ansehen.

„Ja. Die Farm neben der meines Vaters wäre geeignet“, sagte Omrak. In Gedanken fuhr er fort: „Sie liegt auf gutem Boden und wird vom selben Fluss gespeist wie die meines Vaters. Die Familie braucht mehr Land. Ich glaube, wir werden ein Drittel davon der Rinderzucht widmen. Der Markt für gutes Rindfleisch ist immer stark.“

Daniel starrte einfach weiter auf den jugendlichen Riesen neben ihm und versuchte, sich den muskulösen, hemdlosen Barbaren beim Unkraut jäten vorzustellen. Asin bewegte einen Moment lang ihren Kiefer, bevor sie schließlich den Kopf schüttelte und Daniel anstupste, damit er den Mund hielt. Omrak beachtete ihre

Reaktionen nicht, während er weiter seine ideale Farm beschrieb.

„… und Greel kann die Scheiße einsammeln!", brüllte Omrak vor Lachen über einen Witz, den nur er verstehen konnte.

„Ey! Halt die Klappe", rief ein anderer Abenteurer, dem Omrak anerkennend mit dem Kopf zunickte.

„Klar, dass wir es versuchen werden, oder?", sagte Daniel und füllte die Stille. Er wusste, dass er Asin nicht zu fragen brauchte. Es war wahrscheinlicher, dass sie eine Mahlzeit ablehnte als eine Chance, mehr Münzen zu verdienen. Zumal die Quest mit etwas zusammenfiel, was sie bereits taten.

„Ja!" Omrak nickte wieder, Asin neigte zustimmend den Kopf, während ihr

Schwanz aufgeregt hinter ihr hervorschnellte.

Als Daniel den Mund öffnete, um fortzufahren, erregte ein Tumult im Eingang der Gilde ihre Aufmerksamkeit. Eine Gruppe von vier Abenteurern schritt herein. Der Erste trug eine komplette Plattenrüstung, sein Gesicht wurde von einem Helm verdeckt. Schmutz und Staub von der Straße bedeckten die Rüstung und trübten ihren Glanz, aber Daniel konnte sofort erkennen, dass sie von hoher Qualität war, da sie keine Geräusche machte, wenn der Kämpfer sich bewegte. Hinter ihm ging ein vernarbter älterer Mann, seine Schultern waren breiter als die von Omrak, aber er war ein paar Zentimeter kleiner als der Jüngling. Der ältere Mann trug den größten Rucksack von allen, sein Körper beugte sich leicht unter dem Gewicht. Dem Paar folgte ein jüngerer Mann, der sich mit einem studierten Blick umsah, während ein letzter, kleinerer und ruhigerer Kämpfer das Schlusslicht bildete.

„Magier", knurrte Asin leise.

„Wie …?", fragte Daniel.

„Beutel." Asin deutete auf den Gürtel, und Daniel sah sich um und entdeckte schließlich die hinweisenden Gegenstände.

„Ich weiß nicht …"

„Magier müssen ihre Zauberkomponenten bei sich tragen. Die zahlreichen Beutel verraten sie oft", grummelte Omrak.

„Oh …" Daniel schüttelte den Kopf, immer noch unsicher über die Gründe dafür.

„Mana weniger. Zerkleinerter Kristall teuer", erklärte Asin.

Daniel blinzelte und nickte. Heilmagie brauchte nie einen Katalysator – die Körper, mit denen sie arbeiteten, waren der Katalysator, der verwendet wurde. Wenn sie gewirkt wurde, nahm der Zauber einen kleinen Teil des gesunden Körpers als Vorlage und entwickelte sich von dort aus. Das war der Grund, warum Krankheiten, die den ganzen Körper zersetzten, oder hohes Alter fast unmöglich zu heilen waren – der Heiler hatte keine Vorlage, mit der er arbeiten konnte, und musste sein eigenes Mana ersetzen. Ein guter Heiler konnte zwar den Alterungsprozess verlangsamen, indem er nur Mana verwendete, aber in einem so geringen Maße, dass sich die meisten nicht die Mühe machten.

Magier, die versuchten, das Gefüge der Natur zu verändern, mussten eine Art

Katalysator mit sich führen, um den Prozess zu starten. Ein zerstoßener Manastein, der im Grunde reines Mana war, konnte ersetzt werden, war aber natürlich teuer. Was Daniel nicht gewusst hatte, war, dass auch andere Reagenzien verwendet werden konnten. Immerhin hatte Daniel noch nie einen Magier persönlich getroffen.

In Gedanken versunken bekam Daniel den Rest des Eintritts der Gruppe nicht mit. Als der stämmige Abenteurer wieder aufmerksam wurde, stellte er zu seiner Überraschung fest, dass es sich bei der in Plattenrüstung gekleideten Kämpferin um eine brünette Frau handelte, die ihren Helm unter einem Arm verstaut hatte.

„Wir kommen gerade aus Silverstone. Was soll das heißen, ihr könnt uns erst morgen reinlassen!", verlangte die Frau mit kultivierter, weicher Stimme. Um sie herum war die Gilde still geworden, während alle zuhörten.

„Es tut mir leid, aber die Regeln der Gilde sind klar. Jede Gruppe muss mit dem Eintritt an der Reihe sein. Da morgen der letzte Tag der Gruppeneingänge ist, kann ich euch dann einplanen. Aber keinen Moment früher", sagte Liev ganz ruhig.

„Das ist lächerlich. Wir werden euren Dungeon in einer Woche beenden!", schnauzte sie und knallte ihre Hände auf den Tisch. „Lass uns rein und das fertig machen, dann sind wir weg."

Die Kriegerin ignorierte entweder oder bemerkte nicht, dass ihre kühne Aussage bei den anderen Abenteurern einen langen Atem und Zischlaute auslöste. Das kleinere Gruppenmitglied am Ende der Gruppe jedoch nicht. Er machte sich klein, während es sich vor Verlegenheit krümmte.

„Amrah, das reicht“, sagte der schmächtige Magier. „Ich würde es sowieso vorziehen, mich auszuruhen.“

Die brünette Kriegerin drehte sich um und starrte den Magier an, doch dann stieß sie ihren Atem aus. „Gut. Dann besorg uns eine Wertmarke für morgen, Aufseher. Machen wir uns auf den Weg, Crimson Elms.“

Als die Gruppe schließlich ging, brach die Gildenhalle in aufgeregtes Geplapper aus.

„Fortgeschrittene Gruppe?“, fragte Daniel Asin und Omrak und wusste in seinem Herzen, dass sie es waren.

„Ja.“

„Ganz eindeutig.“

„Verdammt …“, seufzte Daniel und blickte in Richtung der Questbelohnung. Ihre Chancen, sie zu gewinnen, waren nun dahin. Sie hatten keine Chance gegen ein fortgeschrittenes Team. Asin folgte seinem Blick, bevor sie mit den Schultern zuckte und auf ihren Münzbeutel klopfte, während sie die tiefer werdende Sonne betrachtete.

„Dungeon morgen?“, fragte Asin, um die Pläne zu bestätigen.

„Ich fürchte, dass ich bis morgen nicht in der Lage sein werde, die notwendige Ausrüstung zu beschaffen“, polterte Omrak. „Es ist schon spät.“

„Wir können die Netze erst einmal weglassen“, sagte Daniel und starrte in die Ferne. „Du benutzt weder Bogen noch Armbrust, oder?“

„Nein. Es ist nicht traditionell für mein Volk. Ich bin gut bewandert in der Wurfaxt, obwohl mir eine fehlt“, sagte Omrak.

„Kein Problem; ich kenne jemanden, der wahrscheinlich welche auf Lager hat.“ Daniel grinste und sagte zu Asin: „Dann machen wir uns mal auf den Weg.“

Asin nickte, bevor sie den beiden zum Abschied winkte, die sofort aus der Tür gingen.

***

Kurze Zeit später klopften die beiden Abenteurer an die Tür von Max' Laden.

„Er ist ein sehr guter Waffenschmied. Er führt auch einige Waffen, obwohl er sich nicht darauf spezialisiert hat. Wir haben vor nicht allzu langer Zeit eine Quest für ihn erledigt, also mag er uns irgendwie", erklärte Daniel Omrak.

„Manche von uns schlafen gern", brummte der Waffenschmied und Rüstungsexperte, als er den Riegel vor der Tür aufzog. „Wenn du es nicht wärst, Daniel …"

„Ich weiß. Ich weiß. Aber ich habe Neuigkeiten für dich", sagte Daniel, als er eintrat, während Max durch den Laden wanderte und die Laternen anzündete. Omrak trat ein, seine Augen fixierten sich auf die Auslagen der Rüstungen und Waffen, die er sich niemals hätte leisten können.

„Gut, raus damit!", brummte Max.

„Wir haben es bis zur vierten Ebene geschafft! Nun, in der dritten gibt es diese seltsamen Monster, die Twinkin-Kugeln heißen …", begann Daniel sofort mit einer

Erklärung der Monster. Max nickte und hörte zu, während er sich in Gedanken den Bart strich. Hinter ihnen durchstöberte Omrak den Laden auf der Suche nach einer geeigneten Waffe.

„… deshalb haben wir uns gedacht, es wäre schön, ein Netz zu haben. Für alle drei Ebenen. Sie würden die Schildkröten fangen und herausfischen, die Kugeln schnappen und wir könnten sie sogar gegen die Vögel einsetzen", beendete Daniel seine Ausführungen.

„Und sie müssen beschwert werden", murmelte Max und nickte. „Das können wir machen. Eigentlich eine einfache Arbeit."

Omrak schrie auf und holte ein Paar Wurfäxte in ihren Scheiden aus einem Waffenregal im hinteren Teil des Ladens.

Grinsend hielt der große Barbar Max das Paar vor die Nase.

„Wie viel dafür, Meister Handwerker?"

„Das wären dann zwei Silberlinge für dich", sagte Max. „Und bevor du fragst, das ist das Günstigste, was ich dir anbiete."

Omrak nickte, zog die Scheide vom Kopf des einen ab und betrachtete die Kante. Er runzelte leicht die Stirn und drehte sie zur Seite, bevor er die nächste prüfte. „Das ist nicht dein Werk."

„Nein. Lehrlingsarbeit. Aber gut genug, um sie zu verkaufen."

„Aye, aber nicht so fein wie deine andere Ausrüstung." Omrak hob die Äxte ein letztes Mal hoch, bevor er sie in ihre Scheiden schob. Omrak packte seinen Beutel und wandte sich an Max: „Zwei Silber sind fair."

„Gut. Wirst du deinen Streitkolben in nächster Zeit austauschen, Daniel?", fragte Max und warf einen Blick auf die ramponierte Waffe an der Seite des stämmigen Abenteurers. „Hat schon bessere Tage gesehen."

„Hmm, … noch nicht."

„Sag mir Bescheid, wenn du so weit bist. Und jetzt husch! Manche von uns haben ein Leben."

Kichernd verließen die beiden kurz darauf den Laden und trennten ihre Wege.

***

Daniel streckte sich in der Klinik. Nach einem harten Tag im Dungeon würden die meisten anderen eine Pause einlegen. Für Daniel, der noch ein wenig Mana übrighatte und eine Freundin, die in der Klinik arbeitete, endete der Tag in dem kleinen Untersuchungsraum und Büro.

„Sie müssen mehr essen als nur Kartoffeln", seufzte Daniel und winkte dem muskulösen Mann vor ihm mit dem Finger. „Fleisch. Obst. Ab und zu einen Eintopf."

„Aber ich mag nichts anderes", jammerte der große Mann.

„Dann werden Sie weiterhin müde sein. Ich kann nichts für Sie tun", sagte Daniel und deutete auf die Tür. „Ihr Körper bekommt nicht, was er braucht. Essen Sie vernünftig."

Daniel sah dem Mann mürrisch hinterher und schüttelte den Kopf. Es störte ihn, dass er den Mangel im Körper des Mannes mit seiner Gabe spüren konnte, aber er wusste nicht, was es war. Im letzten Winter hatte er eine ganze Reihe solcher Fälle gesehen, was ihn zu der Annahme führte, dass es mit den reduzierten Nahrungsmitteln zu tun hatte, die seinen Patienten zur Verfügung standen. Selbst mit dem geballten Wissen der Elfen und Zwerge gab es vieles, was er noch nicht verstand. Er hatte oft das Gefühl, dass er blindlings Heilmittel verschrieb, weil sie funktionierten, ohne das Warum zu verstehen.

Als sich die Tür öffnete, schüttelte Daniel den Kopf und konzentrierte sich auf seinen neuen Patienten. Ein weiterer Patient, der zu lange mit dem Besuch gewartet hatte und dafür sorgte, dass ein einfacher Schnitt nun infiziert war. Ächzend griff Daniel nach der Wasserschüssel, um die Wunde zu reinigen. Nachdem er Schmutz, Eiter und Blut entfernt hatte, um den Schnitt richtig sehen zu können, gab Daniel dem Mann das *Zeichen des Heilers.*

„Warten Sie draußen; fassen Sie die Wunde nicht an. Sie wird in einer Stunde verheilt sein. Wenn sie verheilt ist, können Sie gehen", sagte Daniel, wobei ihn leichte Kopfschmerzen daran erinnerten, dass er kurz davor war, sein Mana aufzubrauchen.

„Ich muss …"

„Nicht. Weggehen", schnauzte Daniel und fixierte den Mann mit einem starren Blick. Der Arbeiter sah den großen, stämmigen Heiler vor sich an und erinnerte sich daran, dass er, so nett er auch war, auch ein Abenteurer war. Mit einem sturen Arbeiter umzugehen, würde für ihn kein Problem sein.

„Ja, Sir!"

Daniel rieb sich die Stirn und wusch sich die Hände, als der Mann ging. Vielleicht hätte er es einfach mit Zwergen-Whiskey runterspülen sollen. Das funktionierte normalerweise. Allerdings würde der sture Idiot wahrscheinlich nie wiederkommen, wenn es nicht funktionierte. Noch bevor er zu Atem gekommen war, öffnete sich die Tür erneut mit einem anderen Patienten.

****

„Du siehst aus, als könntest du eine Runde Schlaf gebrauchen." Khy'ras Stimme drang an Daniels Ohren, als er still dasaß, die Augen geschlossen. Als er die Augen öffnete, stellte Daniel fest, dass er tatsächlich ein wenig geschlafen hatte.

„Sorry. Langer Tag", sagte Daniel. „Die Patienten …?"

„Sind weg. Habe sie für heute nach Hause geschickt." Khy'ra ging hinüber, griff nach seinem Arm und rümpfte dann die Nase. „Was ist das für ein Geruch?"

„Twinkin-Kugeln.   Level-3-Monster. Sehr seltsam …"

„Hm. Dann zuerst das Badehaus", sagte Khy'ra und zog Daniel mit einer Hand hoch. „Komm, dort kannst du mir alles erzählen."

Später, in einem privaten Raum im Badehaus, starrte Daniel auf den angelieferten Teller mit Essen. Er stocherte darin herum und schaute zu seiner Freundin hinüber, bevor er sagte: „Ich wusste nicht, dass man hier drin essen darf."

„Es hilft, wenn der Besitzer dir etwas schuldet", sagte Khy'ra und wölbte ihren

Rücken leicht, während sie die Finger in ihren unteren Rücken grub. „Uff …"

„Hier, lass mich das machen", sagte Daniel, zog sie zu sich heran und berührte sie sanft. Khy'ra schnaubte und schüttelte den Kopf, entspannte sich aber unter seinen starken Fingern.

„Aber kannst du dir das leisten? Ein Privatzimmer ist teuer", sagte Daniel und schaute sich um.

„Es ist in Ordnung."

Daniel verstummte und arbeitete die Knoten aus ihrem unteren Rücken heraus. Dieser Anblick und das Fortbestehen der Klinik brachten ihn wieder einmal dazu, sich zu fragen, wie erfolgreich Khy'ra als Abenteurerin gewesen war, bevor sie sich zur Ruhe gesetzt hatte. Er wusste zwar, dass sie von der Stadt und anderen Spendern

Geld erhielt, aber er bezweifelte, dass es ausreichte. Und wenn Khy'ra ein meist sparsames Leben führte, so schienen ihre gelegentlichen Nachsichtigkeiten besonders spektakulär zu sein.

„Ich denke", sagte Khy'ra und unterbrach Daniels Grübelei, „du solltest essen, bevor es kalt wird."

„Ja, tut mir leid." Anstatt seine eigentlichen Gedanken zuzugeben, sagte Daniel: „Heute ist ein Fortgeschrittenen-Team eingetroffen. Sie werden wahrscheinlich die Dungeon-Abschluss-Quest schaffen."

„Warum?"

„Wahrscheinlich für die Quest."

„Warum glaubst du, dass sie gewinnen werden?"

„Sie sind ein Fortgeschrittenen-Team", sagte Daniel und runzelte die Stirn. Das war doch offensichtlich, oder nicht?

„Und …?"

„Die haben mehr Erfahrung als wir! Bessere Ausrüstung, bessere Skills", sagte Daniel verärgert.

„Nicht unbedingt. Und es ist nicht alles wichtig."

„Das verstehe ich nicht."

„Denk darüber nach, Daniel. Würde eine hochstufige Fortgeschrittenengruppe den weiten Weg auf sich nehmen, nur um einen Anfänger-Dungeon abzuschließen? Wie viel hat die Fortgeschrittenengruppe, mit der du gearbeitet hast, an einem Tag in der ersten Ebene verdient?"

Daniel öffnete den Mund und schloss ihn dann wieder, als er an seinen Besuch bei

Silvestone zurückdachte. Sie hatte recht, Nico und seine Gruppe hatten Peel nur abgeschlossen, weil es auf ihrem Weg lag. Sie wären nicht nach Karlak gereist, nur um den Dungeon abzuschließen. Der Erfahrungsbonus und der Verdienst, selbst mit der Quest, wären die Reisezeit nicht wert gewesen.

„Sie sind immer noch eine Fortgeschrittenengruppe …"

„Das bedeutet nur, dass sie einen Anfänger-Dungeon abgeschlossen haben", sagte Khy'ra. „Der Unterschied zwischen einem Anfänger-Abenteurer und einem neuen Fortgeschrittenen-Abenteurer ist nicht so groß. Nicht so wie der Unterschied zwischen einem Fortgeschrittenen und einem Experten. Und vergiss nicht, eine Gruppe besteht aus mehr als ihren Levels.

Es sind die Skills und das Teamwork, die zählen.“

„Glaubst du, wir können die Quest erfüllen?“

„Ich weiß es nicht. Und du weißt es auch nicht.“

„Oh …“ Daniel blinzelte. Khy'ra hatte wie immer recht. Es war manchmal nervig, mit einer zweihundertjährigen Elfe zusammen zu sein, die schon alles gesehen hatte.

„Daniel …“ Die Elfe runzelte die Stirn und starrte den jungen Mann an, bevor sie den Kopf schüttelte.

„Was?“

„Egal.“

„Was?“

„Warum bist du ein Abenteurer?“, fragte Khy'ra schließlich.

Von der Frage überrumpelt, hielt Daniel inne, während er versuchte, die Antwort darauf zu finden. ‚Weil ich es sein wollte' war nicht wirklich eine gute Antwort. Genauso wenig wie ‚Ich wollte kein Heiler oder Bergmann sein'. Keine von beiden sagte wirklich aus, warum er gerade ein Abenteurer sein wollte. Mit gerunzelter Stirn versuchte er, eine passende Antwort für Khy'ra zu finden, die von den Tellern knabberte, während sie wartete.

„Gut … Ich schätze, ich wollte die Welt sehen", sagte Daniel schließlich.

„Hmm … Warum also nicht ein Questor sein?", fragte Khy'ra. Questoren waren Abenteurer, die sich auf die Erfüllung von Quests spezialisiert hatten. Sie betraten selten, wenn überhaupt, Dungeons.

„Ich mag keine Quests. Sie sind langweilig", sagte Daniel. „Es ist immer dasselbe, die ganze Zeit. Es gibt keinen … Nervenkitzel, keine Gefahr."

Khy'ra lachte und schüttelte den Kopf. „Und das macht dich zu einem wahren Abenteurer. Aber was willst du damit erreichen?"

„Ähm … ich …" Daniel hielt inne, als er versuchte, eine Antwort zu finden.

„Vielleicht etwas zum Nachdenken für später. Und jetzt lass uns essen, bevor die Wanne zu kalt wird!", sagte Khy'ra und schob Daniel einen Teller zu. Sie wusste, dass sie ihn nicht bedrängen sollte, nicht jetzt.

Kapitel 5

„Gute Balance", sagte Asin, als sie beobachtete, wie sich die geliehene Wurfaxt in den Baum einbohrte. Im Inneren des Dungeons auf der vierten Ebene hatte die Gruppe eine kurze Pause eingelegt, um Omrak die Möglichkeit zu geben, seine Wurf-Skills aufzufrischen. Daniel saß in der Nähe mit gespannter Armbrust, nur mit dem Helm, dem Brustpanzer, den Schulterpanzern und den Armschienen seiner Plattenrüstung bekleidet, und beobachtete den Himmel auf möglichen Ärger. Bis jetzt war keiner der Vögel in ihre Nähe gekommen.

Im Gegensatz zu anderen Böden schien sich dieser ewig zu erstrecken, ein einziger Weg führte vorwärts durch das Flachland.

Daniel wusste, dass vieles davon Illusion war – dass es in der Ferne und um sie herum eine eindeutige Wand gab, aber die Illusion war so überzeugend, dass es ihm schwerfiel, sie nicht zu akzeptieren. Als der Wind das Gras zum Rascheln brachte, starrte er auf den dürren Baum, den die beiden zuzurichten begonnen hatten.

„Sind wir schon fertig?", fragte Daniel ungeduldig.

„Ich glaube, ich habe das meiste meiner früheren Skills wiedererlangt. Lasst uns den Ruhm suchen!", erwiderte Omrak, seine Stimme war ein Brüllen. Asin, die neben ihm stand, zuckte zusammen und wich zurück.

„Geh nicht zu weit, Asin, wir müssen uns gegenseitig Deckung geben", sagte Daniel, als sie begannen, nach vorne zu gehen. Asin ging einfach los, obwohl sie langsamer wurde, um die beiden aufholen zu lassen. Den zusätzlichen Köcher mit Armbrustbolzen über die Schulter hängend, folgte Daniel ihnen.

„Du trägst heute nur einen Teil deiner Rüstung, Held Daniel", erwähnte Omrak, während er nebenher ging.

„Ich dachte, es wäre einfacher, sich ohne den Beinpanzer zu bewegen", sagte Daniel.

„Stimmt. Ich finde große Freiheit darin, keine Rüstung zu haben", sagte Omrak.

„Ich dachte, du könntest es dir nicht leisten."

„Das auch", antwortete Omrak fröhlich.

***

Ein paar Minuten später, als die Gruppe dem Pfad folgte, entdeckte Daniel das erste

Anzeichen von Ärger. Ein Vogeltrio hatte begonnen, auf sie zuzufliegen. Er spannte seine Armbrust und wartete. Er wusste, dass er ein schlechter Schütze war, also hatte er nicht die Absicht, zu früh zu schießen.

Vor ihm hatte Asin angehalten und ein einzelnes Wurfmesser gezogen. Sie schnupperte, witterte die Luft, während sie darauf wartete, dass Daniel zuerst schoss. Omrak drehte abwesend seine Wurfaxt in der Hand, da er zum letzten Angreifer degradiert wurde. Immerhin hatte er nur zwei Äxte, also war es eine ernste Sorge, sie zu verlieren oder zu zerbrechen.

Das Trio beobachtete, wie die Vögel zu ihnen flogen und immer näherkamen. Große Flügelspannweiten, ein langer Schnabel und scharfe, funkelnde Krallen ließen die drei innehalten. Gerade als Daniel seine Armbrust hob, um auf sie zu zielen, drehten sie ab und flogen weg, umkreisten die Gruppe, während sie hoch über dem Trio aufstiegen.

„Seltsam", murmelte Daniel. Er konnte sich kein Monster vorstellen, das sich tatsächlich weigerte, anzugreifen.

„Gehen?", fragte Asin, nachdem sie den Vögeln einige Minuten lang beim Kreisen zugesehen hatten, ohne ein Anzeichen, dass sie herunterkamen.

„Ich denke schon", sagte Daniel. Er könnte vielleicht einen von ihnen treffen, aber er traute seiner Zielgenauigkeit wirklich nicht. Er konnte sich noch daran erinnern, dass er vor ein paar Monaten Baumstämme verfehlt hatte. Außerdem hatte er noch nie versucht, direkt in den Himmel zu schießen.

Die Gruppe begann weiterzugehen, wobei sie gelegentlich zu den kreisenden Vögeln hinaufschauten. Kurze Zeit später flog auch ein Vogelpaar herüber. Wieder setzte sich die Gruppe in Bewegung und wieder flogen die Vögel weg, bevor das Trio sie angreifen konnte. Das neue Paar gesellte sich zu den ersten drei und umkreiste weiterhin die Abenteurer.

Eine weitere ereignislose Stunde lang stapfte die Gruppe unbehelligt durch die Ebene des Dungeons. Zwei weitere Male flogen Vögel auf sie zu, bevor sie sich schließlich der Gruppe oben anschlossen und das Trio umkreisten. Mit der Zeit musste die Gruppe ständig den Hals nach oben recken, um zu erkennen, was vor sich ging, und sich vor den Angriffen der großen Schar über ihnen in Acht nehmen.

„Pferde", grummelte Omrak.

„Ähm …" Daniel runzelte die Stirn und neigte den Kopf zur Seite. Er hörte nichts im Wind.

„Ich spüre das Zittern in der Erde. Viele Pferde", sagte Omrak.

„Nicht Pferde", sagte Asin und atmete scharf aus. „Es schleift."

„Boden …" Die Augen weit aufgerissen, ging Daniel in die Hocke und legte eine Hand auf den Boden. Er zischte und sah sich verzweifelt um. „Das ist ein Temqua-Wurm!"

„Ich kenne dieses Ungeheuer nicht", sagte Omrak und starrte konzentriert auf den Boden, als könnte er allein durch bloße Willenskraft durchblicken. „Wie können wir es bekämpfen?"

„Kann man nicht", fauchte Daniel. Nichts, keine Felsvorsprünge, keine feste Erde. Er warf einen Blick zurück auf seine Minikarte und rief dann: „Hier lang!"

Daniel rannte los und führte die Gruppe zu seinem neuen Ziel. Seine Freunde eilten hinter ihm her, Asin holte schnell auf und trottete nebenher. Anstatt zu sprechen, hielt sie ihren Atem für den Sprint an. Während sie rannten, wurde das Zittern so stark, dass selbst Daniel es durch seine verstärkten, festen Stiefel spüren konnte.

Die Gruppe stürmte auf die Lichtung aus Kies, die Daniel gesehen hatte, und hielt erst an, als sie gut drei Meter tief im Kies waren. Schwer atmend starrte Daniel auf den Boden, während er zwischen den Atemzügen sprach, die Hände immer noch um seine Armbrust geschlungen. „Die

Würmer bewegen sich tief unter der Erde, bis sie bereit sind, anzugreifen. Dann tauchen sie auf. Dann sind sie am gefährlichsten. Wenn wir das überleben, werden sie sich unter der Oberfläche bewegen, bis wir sie töten."

„Warum sind wir hier?", fragte Omrak und starrte misstrauisch auf seine Füße, als das Grollen zunahm.

Asins Ohren spitzten sich, ihre Hand lag auf dem Boden, als sie zu erahnen versuchte, wo das Monster ausbrechen würde. Daniel schwankte leicht auf den Fußballen, als er antwortete: „Sie sind so groß, dass es eine Weile dauert, bis das, was sie essen, ausgestoßen wird. Wenn sie Gestein fressen, verlangsamt es sie. Ein bisschen."

Daniel schwitzte, seine Atmung war etwas schneller als normal. Asin, die die ungewöhnliche Notlage ihres Freundes gesehen hatte, rief: „Wie wissen?"

„Was?"

„Wurm. Wissen?"

„Ich habe als Bergmann gegen sie gekämpft", sagte Daniel. „Meine ... wir ..." Erinnerungen an seinen Vater, an das Warten und Warten auf einen Mann, der nie zurückkam. Und die Geschichte, die später herauskam, von einem Temqua-Wurm-Angriff. Es war der schlimmste Angriff gewesen, den die Mine seit Ewigkeiten erlebt hatte, einer, der ein halbes Dutzend Bergleute tötete.

Daniel zitterte, seine Gedanken schweiften ab, als er in alten Erinnerungen gefangen war. Er bemerkte nicht die Veränderung der Schwingungsgeschwindigkeit, die anzeigte, dass das Monster nahe war. Asin erkannte ihren Fehler mit einem Schreck und stürzte hinüber, um Daniel zu packen, einen Moment, bevor das Monster aus dem Boden brach. Der Temqua-Wurm sah aus wie ein normaler Regenwurm, mit einem segmentierten Körper und einem breiten Maul, das die Erde verschluckte, während es sich nach oben stürzte. Im Gegensatz zu einem Regenwurm war sein Körper jedoch etwa so dick wie Omraks Taille.

Die kleinere Catkin konnte Daniel nicht mehr rechtzeitig zur Seite schieben, der Temqua-Wurm packte ihn und riss ihm einen Teil des Beins ab. Daniel schrie vor Schmerz auf, während sich das Monster in der Luft drehte und seinen Körper wölbte, um auf die beiden Abenteurer zuzustürzen. Es knallte in Asins Rücken, und nur eine

Aktivierung ihrer Schildrune in letzter Minute verhinderte, dass das Monster ein Loch in ihren Rücken riss. Die Catkin wimmerte, als die Wucht des Schlags ihren Brustkorb selbst unter dem Schutz der Rune zusammenpresste. Unfähig, ihre Verteidigung zu durchdringen, begann der Wurm, sich am Boden entlangzugraben, um zu entkommen.

Omrak brüllte, stürmte auf die beiden zu und schwang sein Schwert auf das freigelegte Segment. Der Riese von einem Mann brauchte nur einen einzigen Schwung, die Muskeln spannten sich, als die Klinge den Körper des Monsters in zwei Hälften teilte. Omrak heulte vor Vergnügen und nutzte den Schwung seiner Klinge, um erneut auf das zurückgelassene Körperteil einzuschlagen, während es sich immer noch wand. Die obere Hälfte flüchtete in den Boden und wälzte sich weg, bevor Asin sich herumdrehen konnte, um es anzugreifen.

Daniel lag zusammengerollt auf dem Boden, die Hände auf seine verletzte Wade gepresst, um den Blutfluss zu verlangsamen, während er eine *Kleine Heilung* wirkte. Der erste Zauber ließ die Wunde verschorfen, danach verwendete er das *Zeichen des Heilers*, bevor er sich auf die Beine stemmte. Die Armbrust knallte auf seinen Oberschenkel, als er aufstand, und wurde von Daniel zugunsten seines Streitkolbens ignoriert.

„Wo ist es?", knurrte er und stellte fest, dass er nicht einmal seinen Schild abgenommen hatte. Jetzt hatte er nicht die Zeit, dies zu tun.

„Da." Asin zeigte mit einer Hand darauf und hielt die andere über ihren Kopf, bereit, ihr Messer zu werfen. Omrak schnitt und trat weiter auf die Hälfte des Wurmes ein, die sich noch immer wand, in der Absicht, ihn zu töten.

Daniel beobachtete, wie sich das Monster drehte und zu ihm kam. Von einem plötzlichen Gedanken ergriffen, wartete er geduldig, bis das Monster fast auf ihm war, bevor er sprang und seinen Streitkolben in den Boden schwang, während er sein Skill *Perins Schlag* aktivierte.

Der Angriff verdoppelte die Stärke seines Schlags und drang durch die Erde zum Monster. Er verletzte den Wurm und ließ das Monster wegwirbeln. Daniel knurrte, machte einen Schritt nach vorne und löste sofort einen weiteren *Perins Schlag* aus, schaffte es aber nur, das Ende des Monsters zu erwischen, wodurch es wieder die Richtung änderte.

Daniel wurde durch ein schmerzhaftes Aufjaulen von seiner Besessenheit mit dem Wurm abgelenkt. Asin hatte eine tiefe Schnittwunde entlang einer Schulter, ihre andere Hand fuchtelte mit einem Messer gegen die Vögel, die sie im Sturzflug attackierten. Bevor Daniel das vollständig aufnehmen konnte, bemerkte er, dass ein Vogel auf ihn zukam. Er warf sich zu spät zur Seite, die Krallen kreischten gegen seinen Brustpanzer von dem misslungenen Angriff. Omrak erging es von allen am besten, denn er ignorierte die Angriffe und zog es vor, Schmerz mit Schmerz zu vergelten. Wenn ein Vogel auf seine Klinge traf, verlor der Vogel spektakulär.

Asin rollte sich ab und kam mit einem Paar Klingen in ihren Händen hoch, bevor sie sie auf die Vögel warf und den *Messerfächer* einsetzte. Jede Klinge explodierte in mehrere Teile und wirbelte durch die Luft. Die meisten verfehlten, ungezielt wie sie waren, aber einige trafen und boten Asin mehr Zeit, ihre Angriffe fortzusetzen.

Daniel war erleichtert, dass seine Rüstung für den Moment ausreichte, um ihn zu schützen, und konzentrierte sich wieder darauf, den Wurm zu finden.

„Omrak. Beweg dich!", brüllte Daniel, als er nach vorne stürmte, verzweifelt, seinen Freund zu retten. Omrak tanzte zur Seite, bewegte seine Füße, während er sein Schwert über ihm schwang. Schon füllte roter Nebel die Luft um Omrak, der mehr und mehr Schaden nahm. Mit einem weiteren Brüllen vergrub Omrak sein Schwert einen Moment zu früh in den Boden, um den Wurm zu enthaupten. Unfähig zu stoppen, krachte der Wurm in das vergrabene Metall und schlängelte sich, um es zu umgehen.

Daniel, der endlich aufgeholt hatte, schwang erneut seinen Streitkolben und löste ein letztes Mal *Perins Schlag* aus. Der Angriff hinterließ eine tiefe Einbuchtung im Boden, als das Monster zerquetscht und getötet und die Erde aufgewühlt wurde. Niedergekauert blickte Daniel auf, um zu sehen, dass Omrak ihn vor weiteren Angriffen der Vögel schützte, während er seine Klinge zu seinem eigenen Nachteil herumschwang. Blut floss aus offenen Wunden, tiefe Schnitte verliefen entlang seines Oberkörpers, darunter ein paar Zentimeter Fleisch, das lose von seiner Schulter hing.

Mit zusammengekniffenen Augen streckte Daniel die Hand aus und wirkte das *Zeichen des Heilers* auf Omrak. Daniel konnte bereits sehen, wie sich der Blutfluss verlangsamte. Als er seinen Kopf zur Seite drehte, sah er, wie Asin weiterhin die Fünfergruppe von Vögeln angriff, die es auf sie abgesehen hatte, ihre Bewegungen waren so anmutig wie immer, als sie vor ihnen wegtanzte. Dennoch blutete die Catkin aus einem Dutzend kleinerer Wunden, darunter eine Schürfwunde an einer Wange.

Die Gruppe war nicht mehr abgelenkt und konzentrierte sich darauf, die angreifenden Vögel zu erledigen. Daniel fand sogar Zeit, seine Armbrust zu spannen und abzufeuern. Einmal. Und verfehlt. Sowohl Omrak als auch Asin wurden schnell mit den fliegenden Monstern fertig, verletzten die Flügel und schickten die Vögel auf den Boden.

Keuchend fasste Asin sich an die Schulter, wo sie sich versehentlich verrenkt hatte. Hinter der Catkin schwang ihr Schwanz träge, was über ihren zerlumpten Zustand hinwegtäuschte. „Schlechter Schuss."

„Lach nur weiter, dann heile ich dich nicht", drohte Daniel, während er hinüberging, seine eigene Wunde endlich geheilt.

Asin streckte ihm die Zunge heraus, als Daniel seine Hand auf ihre Schulter legte und das *Zeichen des Heilers* anwandte. Als Daniel sich umdrehte, entdeckte er Omrak, der damit beschäftigt war, in der Erde nach dem Manastein zu graben.

„Zäh", sagte Asin, ihr Moment des Humors war vorbei.

„Die Monster? Alleine … vielleicht nicht. Aber zusammen …" Daniel schüttelte den Kopf. Er hatte definitiv das Gefühl, dass er einen Fehler gemacht hatte, nicht seine volle Rüstung zu tragen.

„Ein glorreicher Kampf", sagte Omrak und grinste. „Blut und Federn. Rundherum."

Asin schnaubte, bevor sie auf den Weg zeigte, den sie gekommen waren, und ihren Kopf zur Seite neigte. Daniel blinzelte, und blickte dann nach hinten zu Omrak. Egal, wie sie sich entschieden, es war unwahrscheinlich, dass sie die Ebene an diesem Tag beenden würden.

Kapitel 6

„Temqua-Würmer und Greifvögel", sagte Liev, während er die Informationen der Gruppe notierte. „Arbeiten auch zusammen. Sehr interessant."

Nach ihrem ersten Kampf beschloss das Trio, sich zum Eingang zurückzuziehen, bevor es in einem kunstvollen Kreis wanderte, um weitere Temqua-Würmer anzulocken. Interessanterweise erlaubte die vierte Ebene im Gegensatz zu den anderen Ebenen nur wenige Angriffe und die Gruppe hatte nur noch zweimal die Chance, ihre Skills auszuprobieren, bevor sie Feierabend machte.

„Die Steine haben aber eine gute Größe", sagte Liev und tippte auf das Trio großer Manasteine, die er beiseitegelegt hatte.

„Achter und Neuner der Klasse C sind sehr gut für das Level. Natürlich sind die Greifvögel nur Zehner der Stufe D, also gleicht sich das aus."

„Kein Drop", fügte Asin hinzu und schüttelte den Kopf.

„Stimmt. Die zweite Ebene scheint im Moment die beste Ebene für die Farmer zu sein", sinnierte Liev, bevor er seinen Blick wieder über die Steine schweifen ließ. „Sonst noch etwas?"

„Nein, das war's", sagte Daniel.

„Gut, ihr seid immer noch in Führung", beruhigte Liev die Gruppe, als er ihre Einnahmen zusammenrechnete. „Ich bin sicher, ihr werdet bald einen Plan ausarbeiten, um durch die Ebene zu kommen."

„Ich denke, das sollte morgen kein Problem sein", antwortete Daniel und blickte zu seinen Freunden, die ihm zustimmend zunickten. Es schien seltsam, so schnell durch die Ebenen zu kommen, aber eigentlich ging es in den ersten paar Ebenen nur darum, die Ausgänge zu tieferen Ebenen zu finden.

„Gut, ich denke, wir sehen uns morgen", sagte Daniel und winkte zum Abschied.

„Ja, morgen", sagte Liev, während er sich bemühte, sein Gähnen zu verbergen.

Draußen schaute sich die Gruppe an, bevor Daniel das Wort ergriff: „Drinks im Top?"

Nach einem kurzen bestätigenden Nicken schlenderte die Gruppe hinunter zum nahe gelegenen Gasthaus. Der Spinning Top war nicht das einzige

Gasthaus in der Stadt, aber es hatte drei Dinge, die es zu einer beliebten Anlaufstelle machten. Erstens, die Küche war überdurchschnittlich bis hervorragend. Zweitens sorgte Elise für ein sauberes und gepflegtes Lokal. Und drittens, und das ist vielleicht das Wichtigste, war es in der Nähe des Stadtzentrums. Für müde Abenteurer, die nach einem langen Tag einen Platz zum Sitzen und Essen suchten, war das Top immer gut besucht, wenn der Dungeon geöffnet war.

Drinnen entdeckte Daniel schnell den allerletzten freien Tisch und schnappte ihn sich. Er befand sich in der hintersten Ecke des Gasthauses, in angemessener Entfernung zum Kamin, aber auch am weitesten entfernt von der neuesten Starattraktion des Tops – den Crimson Elms.

Die Gruppe saß auf ihren Stühlen und erzählte den begeisterten Zuhörern Geschichten über einen Fortgeschrittenen-Dungeon.

An jedem anderen Tag, in jeder anderen Gruppe, wäre Daniel mit dem Rest der Abenteurer dabei gewesen und hätte die Geschichten wie sein Lebenselixier aufgesogen. Geschichten, egal wie übertrieben sie waren, gaben Anfängern oft Hinweise darauf, was sie in zukünftigen Dungeons erwarten würde. Ein Überlebender, egal aus welchem Grund, hatte etwas zu lehren. Und in einem Beruf, in dem so viele starben, war jeder Wissenskrümel wichtig.

„Sie haben heute die dritte Ebene leergeräumt", sagte Elise, als sie die Krüge mit Ale und eine Tasse Sabu für Asin abstellte. Die Catkin griff sofort nach ihrem Getränk, steckte ihre Nase in den Rand und atmete den süßen Geruch der vergorenen Früchte ein.

„Oh?" Daniel versuchte, Unbekümmertheit vorzutäuschen, was Elise zum Lächeln brachte.

„Ja. Sie haben diese Geschichte vorhin erzählt", sagte Elise. „Drei von der heutigen Spezialität?"

„Vier!", brüllte Omrak, während er den Krug mit Ale abstellte und sich am Mund abwischte. „Und noch einen Schluck!"

„Wird sofort erledigt." Elise lächelte und ging zurück zur Bar, um die Bestellung weiterzugeben.

„Ich musste den Greif-Champion ganz allein töten, während Rickard und Will den Rest in Schach hielten. Harald hatte kein

Mana mehr, nachdem er seinen Schwerkraftbrunnen-Zauber gerufen und die Greife am Boden gehalten hatte. Nun, ich …"

„Autsch!", fauchte Daniel, als er seinen Arm zurückzog und die Stelle rieb, an der Asins Klaue ihn blutig gekratzt hatte. Er wandte sich davon ab, der Anführerin der Crimson Elms zuzuhören, um sich auf seine eigene Gruppe zu konzentrieren.

„Reden", sagte Asin. „Morgen laufen wir?"

Daniel blinzelte, nickte und rieb sich das Kinn. Es war die Fortsetzung der Diskussion, während sie warteten.

„Ich sage nein. Das sind kleine Monster. Es lohnt sich nicht, vor ihnen wegzulaufen", grummelte Omrak. „Wir sollten mit

Zuversicht vorwärtsgehen. Wir wissen jetzt, wie wir die Würmer besiegen können."

„Du weißt es", brummte Daniel. Anders als der Rest von ihnen hatte Omrak dank seiner kombinierten Skills die Fähigkeit, sein Schwert direkt in den Boden zu rammen. Er konnte das Monster aufspießen, während es sich erhob, und es dadurch verletzen und vertreiben. Das machte ihn völlig sicher vor den Angriffen. „Der Rest von uns badet es aus."

„Bah. Dein Skill verletzt sie", sagte Omrak.

„Wenn ich zum richtigen Zeitpunkt zuschlage. Zu früh und es bringt nichts."

„Gilt auch für mich", zuckte Omrak mit den Schultern. „Alle Kämpfe sind ein Risiko."

„Rennen", sagte Asin. „Runter. Mehr Monster. Münze."

Daniel nickte daraufhin. Das war ein gutes Argument. Die Ebene schien ebenerdig zu sein –alles, was sie tun mussten, war, in einer geraden Linie entlang des Pfades zu laufen, um den Ausgang zu finden. Wenn sie das taten, sollten sie ihn finden. Sie könnten den Champion dieses Mal auslassen, denn wenn sie die Ebene schaffen würden, könnten sie in der nächsten mehr verdienen. Stolz oder nicht, ihr Ziel war es schließlich, Münzen zu verdienen. Der heutige Verdienst war sogar noch geringer als der gestrige. Am Ende war es sein schrumpfender Münzgeldbeutel, der Daniels Entscheidung ausmachte. „Wir werden rennen."

Omrak schmollte und verschränkte die Arme. Sein Schmollen dauerte an, bis die Teller mit dem aufgeschnittenen Lammfleisch erschienen, woraufhin es so schnell verschwand wie das Essen in seinem Mund. Asin atmete den starken Duft von Lammfleisch gemischt mit Kräutern ein, übergossen mit einer Soße aus fermentiertem Bohnen- und Fleischsaft. Sie grinste, schnitt zuerst die Kartoffeln auseinander und zog die Knolle durch die Soße, bevor sie das Essen in den Mund schob. Sie seufzte leicht, die Mischung aus reichhaltiger, dicker Soße und gedämpften Kartoffeln stillte ihren Hunger.

Pläne wurden geschmiedet und die Gruppe wurde still. Der morgige Tag würde interessant werden.

***

Joggen in voller Montur war ätzend, stellte Daniel fest. Es war heiß, es war schwer, und es war anstrengend. Vor ihm konnte er Asin sehen, die mit einer Hand auf dem Boden hockte und nach den Erschütterungen tastete, die auf einen Wurm hindeuteten. Daniel hatte seine Armbrust zurückgelassen, weil er sich heute gegen das zusätzliche Gewicht entschieden hatte, also würde es an Asin und Omrak liegen, sie vor den Vögeln zu schützen. Nicht, dass Daniel selbst bisher wirklich von Nutzen gewesen wäre.

Omrak, der neben ihm stand, joggte leichtfüßig dahin und lachte Daniel an. Ohne Rüstung hatte es der riesige Barbar viel leichter. „Jetzt gibt es mehr Vögel als je zuvor."

„Ja", keuchte Daniel.

„Ich glaube, sie kommen, weil wir nicht angehalten haben", grummelte Omrak und gestikulierte nach oben. „Ich fürchte, wir rennen direkt in die Gefahr."

Daniel nickte und winkte Asin, zu bleiben, wo sie war. Sie runzelte die Stirn und hob fragend eine Augenbraue, als sie aufschlossen.

„Wir müssen bald kämpfen. Oder, wenn wir später dazu gezwungen sind, werden wir im Nachteil sein", sagte Omrak.

Asin knurrte und sah dann auf, bevor sie ihre Krallen auf dem Boden einrollte. „Nah dran. Vielleicht überholen. Wenn Daniel schneller ist."

„Das gibt's doch nicht", keuchte Daniel, während er Luft einsaugte. Er zwang sich, sich nicht zu bücken, um stehenzubleiben.

Er zog jedoch seinen Helm ab, um sich abzukühlen und leichter aus seinem Wassersack trinken zu können.

„Kämpfen."

„Gut", grummelte Omrak, während er zur Seite trat und sein Schwert entsicherte, bevor er es im Boden vergrub und sein Hemd auszog. Unbekleidet hob Omrak wieder sein Schwert und begann, es leicht auf den Boden zu klopfen, um das Monster zu ihm zu locken. Daniel wich schnell zur Seite, um Omrak Platz zu machen, während er den Horizont absuchte.

„Sind das die Elms?", sagte Daniel, während er in die Richtung zurückblinzelte, aus der er gekommen war. In der Ferne konnte er Gestalten sehen, die sich bewegten, und die Elms waren bis jetzt die einzigen anderen in der vierten Ebene.

Einen Moment später sah er, wie die Vögel, die sich über der anderen Gruppe gesammelt hatten, plötzlich auseinanderbrachen, als hätte eine riesige Hand sie zerquetscht. Die Elms zerstreuten sich und stampften, traten, stachen und schlugen abwechselnd auf den Boden ein. Oder wahrscheinlicher auf die Monster, die sich auf dem Boden befanden. Es dauerte kaum eine halbe Minute, bis sich die Gruppe wieder auf den Weg machte. „Ich schätze, das ist es, was *Schwerkraftbrunnen* macht …"

„Konzentrieren", zischte Asin Daniel zu, der wieder eine Grimasse zog. Richtig, sie hatten bald ihre eigenen Monster im Anmarsch. Er verstummte, legte den Kopf schief und konzentrierte sich auf das Beben in der Erde, als das Monster im Bodeninneren grub. Daniel war wieder einmal dankbar, dass das, was es den Temqua-Würmern ermöglichte, sich so schnell unter der Erde zu bewegen, es auch ermöglichte, sie so leicht zu entdecken.

Asin jaulte leicht und wölbte ihren Rücken in Erwartung des Sprungs, bevor sie zu der Stelle blickte, wo Omrak weiter auf den Boden klopfte. Omrak hörte nach einem Moment mit dem Klopfen auf und brüllte dann, als er die Klinge in die Erde stieß und sofort danach nach hinten sprang.

Zum Angriff getrieben, raste Daniel auf die versunkene Klinge zu. Der Temqua-Wurm brach aus dem Boden hervor, verletzt durch den Schlag und mit aufgerissenem Maul auf einer Seite. Selbst als er sich vom Boden abhob und sich drehte, um sich wieder zu verstecken, traf Daniel ihn. Der stämmige Abenteurer brüllte, als er *Perins*

Schlag losließ und das Monster höher in die Luft schleuderte. Der Körper des Wurms dehnte sich unter dem Angriff und zerfiel unter dem Streitkolben, sodass Daniel mit warmem Blut bespritzt wurde.

Von oben tauchten die Vögel ab und wurden von Asins *Messerfächer* getroffen. Die Überlebenden flogen näher heran, wobei der Leitvogel von Omraks geworfener Axt getroffen wurde und in einem blutigen Fächer aus Federn und Fleisch auf den Boden fiel. Daniel achtete nicht darauf, was über ihm vor sich ging, während er mit seinem Skill auf den Temqua-Wurm einschlug. Selbst der Vogel, der versuchte, seine Rüstung mit seinem rasiermesserscharfen Schnabel zu durchbohren und von seinem Sitzplatz am

Boden aus an seinem Körper zu picken, erregte nicht seine Aufmerksamkeit.

Asin musste fast kichern, als sie Daniel beobachtete, wie er mit der einen Hand schwang und jeden Angreifer traf, während die andere die Messer unter der Hand zuwarf. Die Catkin würde später ein paar Minuten damit verbringen müssen, sie alle zu finden, aber das war der Grund, warum sie jeden Morgen jedes Messer mit ihrem Duft markierte. Es war eine Taktik, die nur bei einem Beastkin funktionierte, und eine, die sie nicht mit ihren Gruppenmitgliedern geteilt hatte, und das hatte sie auch nicht vor. Asin hüpfte müßig zur Seite, hob ein weiteres Paar Messer auf, das sie am Boden gelassen hatte, damit sie sie leicht erreichen konnte, während sie wartete, und setzte ihren Angriff fort.

Ein letzter Schlag und Daniel erhob sich vollends, wobei er müßig einen heranfliegenden Vogel mit seinem Schild abfing. Der Greifvogel krachte direkt in ihn hinein, seine Klauen und Flügel verhedderten sich kurz, bevor er sich auf dem Boden wiederfand, betäubt durch den plötzlichen Stopp. Daniel trat schnell nach vorne und stampfte auf einen entblößten Flügel, während er das Schlachtfeld überblickte.

Omrak, mit nacktem Oberkörper und wieder blutend, schwang sein Schwert herum und schlug die Vögel um ihn herum zu Boden. Gelegentlich wich der Nordländer einen Schritt zur Seite, wenn verletzte Greifvögel versuchten, zu ihm zu hüpfen. So verletzt und blutend er auch sein mochte, Daniel konnte erkennen, dass

Omrak sich von seinen Verletzungen nicht behindern ließ. Da er das wusste, nutzte Daniel die Zeit, um die Monster anzugreifen, die am Boden lagen. Omraks Kampfmethoden waren stark, mächtig und gefährlich – aber sie waren nicht darauf ausgelegt, dass ein Heiler an ihn herantreten und ihm die Hände zur Heilung auflegen konnte. Das war eine eindeutige Sorge und eine, die Daniel dazu veranlasste, darüber nachzudenken, die Fernkampfvarianten seiner Heilzauber zu lernen.

Minuten später fand sich die Gruppe monsterfrei wieder. Während der Aufräumarbeiten war ein zweiter Temqua-Wurm aufgetaucht und hatte versucht, Asin anzugreifen. Die agile Catkin sprang sofort in die Luft und warf ihm einen *Durchbohrenden Schuss* direkt in den Rachen, was das Monster sofort tötete, sehr zum Leidwesen von Daniel. In Wahrheit war das Auffinden und Einsammeln der verschiedenen Manasteine schwieriger als der eigentliche Kampf.

„Besser?", fragte Daniel, während er einen Blick auf Omrak warf, dessen Wunden verschorft waren und unter Daniels Bann langsam heilten.

„Ja. Nochmals meinen Dank, Held Daniel. Es ist eine wunderbare Sache, einen Heiler in seiner Gruppe zu haben."

Asin stimmte ihm zu, bevor sie sich noch einmal auf dem Boden umsah. Zufrieden, dass sie sowohl ihre Messer als auch Steine eingesammelt hatten, wies sie den Weg hinunter. Zeit zu gehen. Die Crimson Elms waren auf dem Weg.

***

„Ich brauche eine Pause", sagte Daniel, sein Atem ging Stunden später hektisch. Der einzige Grund, warum es so lange gedauert hatte, bis er wieder aufhörte, war seine Heilungsmagie, und selbst die war durch die Menge an Mana begrenzt, die er zu verwenden wagte. „Wie groß ist diese Ebene?"

„Groß", sagte Asin.

„Sie scheint wirklich weitläufig zu sein", fügte Omrak kopfschüttelnd hinzu, während er das Land um sich herum begutachtete. Zweimal schon hatte die Gruppe innehalten müssen, um sich mit den Gebäudenummern zu beschäftigen. Hinter ihnen stapften die Crimson Elms weiter, mehr als zufrieden damit, die Temqua-

Würmer beim Gehen angreifen zu lassen. „Sie erinnert mich an Geschichten über die Lowna-Flachländer."

„Das erinnert mich an die Straße von Peel", murmelte Daniel ironisch. Flach, langweilig und endlos war diese Straße gewesen. „Weißt du, diese Ebene könnte für die meisten Gruppen ein Leichtes sein."

„Hmm?", knurrte Asin, während sie auf einem Streifen Dörrfleisch kaute.

„Die Monsterangriffe sind selten und weit ausgebreitet. Wenn man einmal weiß, was einen erwartet, ist es nicht schwer, damit umzugehen. Es ist auch ein einziges Flachland, wenn also viele Gruppen da sind, wird man vielleicht gar nicht angegriffen", erklärt Daniel. „In anderen Ebenen sollte man sich nicht zu sehr zusammenrotten. Zu enge Gänge, zu kleine Höhlen. Hier gibt es keinen Grund, es nicht zu tun."

Omrak nickte leicht und rieb sich das Kinn. „Ja. Und die Merkmale sind die gleichen wie vorher. Anders als in der zweiten Ebene, wo der Wasserstand die Wege verändert."

„Genau. Keine Überraschungen, keine Änderungen. Das wird ein einfaches Level", sagte Daniel, wobei er seine Atmung langsam wieder unter Kontrolle brachte. Er zog etwas Dörrfleisch aus seinem eigenen Beutel und begann darauf zu kauen, während er der Gruppe bedeutete, weiterzugehen. Sie würden essen und sich bewegen.

„Warum?", fragte Asin und winkte mit ihrer Hand durch den Dungeon auf ihre verwirrten Blicke.

Daniel zuckte mit den Schultern und Omrak blieb still. Es wurde allgemein angenommen, dass Panqua, Erlis' Sohn, derjenige war, der die eigentlichen Dungeons verwaltete. Zweifelhafte Geschichten besagten sogar, dass Abenteurer in den Dungeons auf den Gott trafen, der Belohnung und Bestrafung für diejenigen verteilte, die gleichermaßen erfolgreich waren und spektakulär versagten. Dennoch, Geschichten aus der Kirche oder nicht, niemand verstand wirklich, warum oder wie er tat, was er tat oder wann. Aus diesem Grund ignorierten die meisten Abenteurer das Wenige, was bekannt war, und konzentrierten sich auf die viel wichtigeren täglichen Aspekte des Überlebens in den Dungeons.

***

Es war später Nachmittag, als die Elms die Gruppe endlich einholten. Je länger der Tag dauerte, desto langsamer wurde Daniel, sodass die Gruppe in den letzten Stunden nur noch langsam unterwegs war. Das hatte die Anzahl der Würmer erhöht, die sich an die Gruppe hängten, was sie zwang, noch langsamer zu werden und auf jeden Angriff zu warten.

„Kein Rennen mehr?", sagte ihre Anführerin in dem Moment, als sie aufgeholt hatten. Daniel presste die Lippen zusammen und weigerte sich, auf den Köder einzugehen, während Asin nur knurrte.

„Nein", antwortete Omrak fröhlich. „Wir sehen noch keinen Ausgang für diese Ebene."

„Gut, ihr habt euch gut geschlagen. Für eine Anfängergruppe", fuhr sie fort. „Wenn ihr dicht genug folgt, halten wir euch auch die Monster vom Hals."

„Es wäre uns eine Ehre, mit solch großen Helden in den glorreichen Kampf zu ziehen", sagte Omrak.

„Das ist nicht …"

„Ah, ihr möchtet lieber nicht gegen solch armselige Monster kämpfen? Es wird uns eine Ehre sein, dafür zu sorgen, dass eure Waffen nicht durch ihr Blut entwürdigt werden."

„Nein –"

„Kein Grund zum Dank, große Heldin", fuhr Omrak fort und fuchtelte mit den Händen herum. „Wir werden unser Bestes tun, um unter den Augen von so Großen zu kämpfen. Vielleicht wären ein paar Hinweise hilfreich.“

„Hört mal, ihr …“

„Lass es, Amrah. Wir werden schneller vorankommen, wenn wir uns nicht mit den Monstern herumschlagen müssen“, sagte der Magier.

Amrah sah dabei unzufrieden aus und knurrte leise unter ihrem Atem. Dennoch sagte sie nichts, während sie weiter stapfte. Der große Krieger an ihrer Seite folgte schweigend, obwohl das kleinste Lächeln auf seinen Lippen zu sehen war.

„Danke, ihr großen Helden!“, rief Omrak.

Als Antwort hob der Magier die Hand und rief seinen Zauberspruch, woraufhin die Vögel, die sich versammelt hatten, zur Erde fielen. Die Crimson Elms setzten ihren Weg fort, während sich das Trio um die verletzten Monster kümmerte. Als sie fertig waren, waren die Elms bereits weitergezogen und überließen ihnen das Einsammeln der Manasteine.

„Hast du das mit Absicht gemacht?", sagte Daniel.

„Was?", antwortete Omrak, immer noch mit einem breiten Grinsen im Gesicht. Daniel blinzelte den großen Barbaren misstrauisch an, während Asin nur schnaubte und weiter die Manasteine aufhob.

„Beeilen. Aufholen", sagte Asin und deutete auf die Gruppe, die ein Stück voraus war.

„Richtig, richtig." Das sollte ein langer Tag werden.

Kapitel 7

„Eine anderthalb Tage lange Reise, was?", sagte Liev und rieb sich das Kinn. Er starrte auf das müde, staubige Trio, das vor ihm stand. „Das erklärt den Mangel von Monsterangriffen."

„Ähm …", sagte Daniel.

„Ebenen benötigen Mana, um sie zu erstellen. Je größer die Ebene, desto mehr Mana. Anfänger-Dungeons sind unter anderem deshalb Anfänger-Dungeons, weil ihnen nur so viel Mana zur Verfügung steht. Das ist der Grund, warum sie auf zehn Ebenen begrenzt sind", fuhr Liev fort. „Je mehr Mana für eine Ebene ausgegeben wird, um sie größer zu machen, desto weniger Monster."

„Interessant", sagte Asin anerkennend.

„Ihr habt nicht gegen den Champion gekämpft?", fragte Liev und blickte auf die Steine vor ihm.

„Nein, die Elms haben das getan."

„Hast du ihn gesehen?"

„Ja. Er war riesig – dreimal so groß wie ein normaler Wurm. Aber keine Vögel – nicht mehr als normal", sagte Daniel. „Zäh, und man muss viel vorsichtiger sein als früher. Man kann sich wirklich verletzen."

„Habt ihr die fünfte Ebene erreicht?", fragte Liev, als er ihre Einnahmen zusammenrechnete.

„Ja. Aber wir haben sie nicht erkundet", sagte Daniel. „Es war nur ein Raum mit einer Tür. Wir wollten die Tür nicht austesten."

„Eine Tür?", sagte Liev und fuhr sich mit der Hand durch sein rotes Haar. „Na ja, könnte vieles sein. Geht ihr dann morgen rein?"

„Auf jeden Fall", sagte Daniel. Seine früheren Bedenken waren immer noch da, aber nachdem er die Gruppe getroffen hatte, wusste er, dass er nicht aufgeben würde. Wenn sie verlieren würden, würden sie verlieren – aber er war nicht bereit, die arroganten Crimson Elms ohne jede Herausforderung hereinspazieren zu lassen.

Asin neben ihm nickte nur und teilte bereits die Münzen auf. Der Stapel war deutlich höher als bei ihrem letzten Ausflug. Reinigungskraft für die Elms zu spielen war zumindest sehr profitabel gewesen, wenn auch erniedrigend. Sie übergab die Münzen leise an jedes Gruppenmitglied, bevor sie der Gruppe ein Grinsen zuwarf und beim Gehen winkte.

Omrak hob die Münzen auf und steckte sie in seinen Beutel. Der Barbar streckte sich, bevor er sprach: „Ich werde dich morgen sehen, Held Daniel. Aufseher Halliope."

Daniel nickte zum Abschied und steckte seine eigene Münze ein, als er sich auf den Weg nach draußen machte.

Im Gasthaus seufzte Daniel und zog sich sein Hemd aus, um sich abzuwischen. So frustrierend der Tag auch war, er hatte doch eine kleine Sache, über die er lächeln konnte.

Name: Daniel Chai
Klasse: Level 8 Abenteurer (02 %)
Unterklassen: Level 7 (Bergmann) (31 %)
Mensch (männlich)

Statistik
Leben: 257
Ausdauer: 257
Mana: 186

Attribute

Kraft: 25
Beweglichkeit: 22
Beschaffenheit: 29
Intelligenz: 19
Willenskraft: 19
Glück: 14

Skills
Waffenloser Kampf: Level 3 (43/100)
Keulen (Novize): Level 1 (14/100)
Bogenschießen: Level 2 (48/100)
Schutzschild: Level 9 (74/100)
Ausweichen: Level 6 (23/100)
Kampf-Sinn: Level 7 (18/100)
Wahrnehmung: Level 7 (04/100)
Bergbau: Level 7 (78/100)
Heilen: Level 9 (64/100)
Kräuterkunde: Level 3 (31/100)
List: Level 2 (24/100)
Kochen: Level 3 (99/100)
Singen: Level 2 (14/100)

Skillfertigkeiten
Doppelschlag
Schildschlag
Perins Schlag
Kartografie (II)

Zaubersprüche
Kleine Heilung (I)

Zeichen des Heilers (I)

Gaben
Berührung des Märtyrers – Der Zaubernde
kann sich selbst oder andere durch
Berührung und Konzentration heilen und
opfert dafür einen Teil seines Lebens. Die
Kosten variieren je nach Ausmaß der
geheilten Verletzungen.

Die Erhöhung seiner Attribute war wie immer äußerst hilfreich und wurde schnell zugewiesen. Daniel hatte auch einen Skillfertigkeitspunkt, den er in diesem Level zuweisen konnte. Er hatte ein paar Optionen, darunter einige der Skills, die er ignoriert hatte, oder die Aufwertung eines bestehenden Skills, aber es gab auch neue Optionen zu berücksichtigen.

Das erste war das Erreichen eines Novize-Levels in der Keulenfertigkeit. An diesem Punkt hatte er zwei Möglichkeiten. Er konnte entweder **Mächtiger Schlag** kaufen, was eine stärkere Version von **Powerschlag** war, oder er konnte **Elementarschlag** kaufen. Er durchtränkte seine eigenen Angriffe mit einer zusätzlichen elementaren Kraft, ähnlich wie die elementaren Armschienen, die er einst trug und die Asin immer noch hatte.

Außerdem hatte er mit einer höheren Skillfertigkeitsstufe in Kampfsinn nun die Möglichkeit, eine neues, auf Kampfsinn bezogenes Skill namens **Schwäche finden** zu erwerben. Es war ein Skill, das ihn von Natur aus verstehen ließ, wo er angreifen konnte, um den Schaden zu erhöhen. Dies war besonders wichtig, wenn er gegen neue Monster kämpfte, da ihre Schwachstellen nicht immer sofort erkennbar waren.

Wie immer konnte er seine Skillfertigkeiten auch dazu verwenden, eines seiner bestehenden Skills zu verbessern, diese waren zwar nützlich, aber nicht besonders interessant. Eines Tages würde er vielleicht **Dreifachschlag** erwerben, aber für den Moment war die Anfängervariante gut genug. Er hatte auch keine Lust, seine Punkte für die Verbesserung seiner Heilungszauber auszugeben. Zumindest wollte er warten, bis er eine Fernkampfvariante erwerben konnte.

Beide neuen Optionen waren aus unterschiedlichen Gründen mächtig, aber am Ende entschied er sich für **Schwäche finden**. Der Grund dafür war einfach: **Elementarschlag** erforderte den Einsatz von Mana, das er für die Heilung benötigte. **Schwäche finden** hingegen war ein passives Skill und damit insgesamt mächtiger.

Nachdem er seine Entscheidung getroffen hatte, wählte er sie aus und sah sich die Informationen in Ruhe an.

Schwäche finden

Erhöhtes Verständnis für den Gegner und die Fähigkeit, Schwächen zu erkennen.

Skill: Passiv

Kosten: N/A

Effekt: Der Anwender hat eine Chance von 20 % + 5 % pro Level von Kampfsinn, Schwachstellen zu finden

Daniel seufzte zufrieden über seiner Wahl und schloss die Augen. Auch wenn es mitten am Tag war, so war der Abenteurer bereits seit anderthalb Tagen wach und in

Bewegung. Er war erschöpft und müde und brauchte eigentlich nur etwas Ruhe.

Später am Abend stieß Khy'ra die Tür zu seinem Zimmer auf. Sie lachte, als sie die ausgestreckte Gestalt des Abenteurers sah, wie er dort lag, ohne Hemd und mit einem Hauch von Sabber, der aus seinem Mundwinkel lief. Die Elfe trat in den Raum und schob Daniels ausrangierte Kleidung von seinem Schreibtisch, um etwas Platz für das Essen zu schaffen, das sie mitgebracht hatte.

„Daniel", sagte Khy'ra, als sie sanft seine Schulter drückte.

„Mmmrrpphfff."

„Daniel, Abendessen", sagte Khy'ra wieder und stupste seine Schulter fester an. Er rollte sich um, und die Elfe grinste schelmisch und schob einen Finger zwischen seine Achseln, um ihn zu kitzeln.

„Aaargh!", sagte Daniel, setzte sich auf und starrte sie an.

„Guten Abend", sagte Khy'ra, beugte sich vor und küsste ihn auf die Lippen. „Ich habe Abendessen mitgebracht. Du musst etwas essen."

„Mmm, … ich denke auch." Daniel rieb sich das Gesicht, um den Schlaf aus den Augen zu vertreiben, und wischte sich über den Mund, kurz bevor sein Magen knurrte. „Was würde ich nur ohne dich tun?"

Khy'ra verstummte bei diesen Worten und wandte sich ab, um die Teller zu holen und mit ihnen zum Bett zurückzukehren. Sie reichte Daniel seinen Teller, während sie begann, in der Kruste ihres Kuchens zu stochern, um alles zu vermischen.

„Habe ich irgendwas Falsches gesagt?“, fragte Daniel und runzelte die Stirn über den plötzlichen Wechsel der Atmosphäre.

„Nein, hast du nicht. Nicht wirklich. Es ist nur, na ja, du wirst bald weg sein“, sagte Khy'ra. „Es geht nur alles so schnell.“

„Oh …“ Daniel blinzelte, schüttelte den Kopf, dann streckte er die Hand aus und umarmte sie. „Es tut mir leid.“

„Es ist in Ordnung“, sagte Khy'ra, ihre Stimme war weich und leicht müde. „Es ist in Ordnung. Es ist nicht so, als hätte ich nicht gewusst, dass ich damit rechnen muss.“

Daniel nickte in ihr Haar und umarmte sie nur noch fester. Auch das war wahr.

„Iss“, sagte Khy'ra wieder und stieß ihn leicht mit dem Ellbogen an, damit er sie losließ. „Das sage ich dir in letzter Zeit ständig, nicht wahr?"

Daniel lachte leicht und drehte sich dann zu seinem Kuchen um. Sie hatte recht. Trotzdem, … er würde sie vermissen. Sie aßen eine Zeit lang schweigend, beide in ihre eigenen Gedanken versunken, bevor Khy'ra den Kopf schüttelte und die trüben Gedanken beiseiteschob.

„Komm. Der Sommer ist noch nicht zu Ende", sagte sie.

„Es ist Herbst."

Khy'ra lächelte und küsste ihn auf die Lippen. „Also, erzähl mir von deiner Erforschung."

„Na ja, wir haben versucht, durch die Ebene zu rennen. Das war ein Fehler. Wenn ich meine Gabe nicht hätte …", sagte Daniel und Khy'ra lehnte sich interessiert zurück.

Kapitel 8

Als die Gruppe in der fünften Ebene hinter dem ersten Eingang stand, starrte sie auf das kleine Fliesenset, das vor ihnen lag, und auf die verschlossene Tür. Selbst Omraks große Kraft war nicht in der Lage gewesen, die Klinke zu bewegen, und gegen die Tür zu schlagen hatte auch nicht funktioniert. Es war offensichtlich, dass sie das Rätsel der Fliesen lösen sollten.

„Was sollen wir tun?", sagte Daniel und starrte auf den Satz mehrfarbiger Fliesen. Es war ein großes Set, dreißig Stück breit und dreißig Stück lang mit einer Reihe von fünf Farben. Alle Felder bis auf eines waren gefüllt.

„Bewegen?", knurrte Asin und deutete auf die Fliesenfläche, die leer war.

„Ich denke schon“, sagte Daniel und blickte zu Omrak, der mit den Schultern zuckte.

„So, jetzt geht's los“, sagte Daniel und schob sanft eine Fliese zur nächsten. In dem Moment, als er das tat, schimmerten drei der roten Fliesen, die nun auf einer Linie lagen, und verschwanden. „Hm.“

Omrak blickte auf das Fliesenset hinunter und bemerkte, dass sie verschwanden, bevor er seinen Blick wieder in den Raum richtete, sein Schwert in Bereitschaft haltend. Asins Lippen verzogen sich zu einem raubtierhaften Grinsen, bevor sie eine weitere Fliese in den offenen Raum schob, um einen Satz von vier zu bilden. Diese Fliesen schimmerten und verschwanden, andere Fliesen darüber fielen zusammen, als würden sie von einer Kraft gezogen. So entstand ein weiterer Satz farbiger Fliesen, die ebenfalls verschwanden, bevor sich das Muster wiederholte.

Ohne gefragt zu werden oder zu fragen, begann Asin, die Teile zu bewegen. Daniel beobachtete sie noch einige Augenblicke, bevor er sich schließlich abwandte und im Raum umher starrte. Ein paar Minuten später stieß Asin einen frustrierten Aufschrei aus. Die Catkin hatte nur noch sieben Steine und drei Farben, von denen sich keine mehr verschieben ließ. Unfähig, weiterzuspielen, schimmerte das Brett auf.

Zur gleichen Zeit senkte sich ein Teil der Wand und ein Trio von Elementarschildkröten watschelte heraus. Sofort sprang Omrak nach vorne und begann, die Kreaturen anzugreifen, wobei sein riesiges Schwert die Monster zerschnitt und zerschlug. Daniel blieb ruckartig stehen und wartete darauf, dass ein Monster an Omrak vorbeikam, bevor er angreifen konnte. Asin wartete einfach ab, der Raum war zu klein, als dass ihre Wurfwaffen sicher zum Einsatz kommen konnten.

Nachdem die Monster getötet worden waren, blickte Asin zurück auf das Spielbrett, das sich mit einer anderen Konfiguration von Spielsteinen zurückgesetzt hatte. Mit zusammengekniffenen Lippen nickte sie vor sich hin und begann, die Spielsteine zu verschieben.

***

„Asin, kann es einer von uns mal versuchen?", fragte Daniel, während er

Omrak dabei zusah, wie er den Manastein des ehemaligen Kobolds aufhob.

„Nein", knurrte Asin und starrte die Tafel an.

„Okay." Daniel zog sich zurück. Nach über einem Dutzend Umdrehungen schien Asin besser geworden zu sein, es fehlten nur noch ein paar letzte Steine. „Je besser du es machst, desto leichter werden die Monster, die rauskommen, wenn du versagst."

„Ich würde dich fast bitten, mehr zu versagen, Heldin Asin", sagte Omrak und blickte sich an den Wänden um. „Die Monster, gegen die wir gekämpft haben, waren weniger als eine Herausforderung."

„Nein. Passe", sagte Asin, während sie an der Tafel herumstocherte. Daniel seufzte und lehnte sich wieder gegen die Tür. Bis jetzt schien es, dass jede Wand sich öffnen konnte, also waren die Türen selbst der einzige stabile Teil des Raumes.

***

„JAKA!", rief Asin, sprang auf die Füße und lachte.

„Bist du fertig?", fragte Daniel, als er sich von der Tür abstieß. Asin nickte stolz, als Omrak zur Tür ging, sein Schwert bereithaltend. Asin sprang zur Tür, griff nach dem Griff und riss sie auf. Drinnen befand sich nur ein weiterer Raum.

„Oh, verdammt", murmelte Daniel, als sie alle hereinkamen. „Das ist eine Rätselebene, nicht wahr?"

Asin nickte und das Trio sah sich im Raum um und nahm ihn in Augenschein. Es gab eine einzelne lilafarbene Tür im Raum mit einer kleinen zylindrischen Röhre, die an der Tür befestigt war, wo ein Griff sein würde. In der Mitte des Raumes standen drei Behälter mit roten, blauen und gelben Flüssigkeiten und ein separater, leerer Behälter.

„Wir müssen die Farben der Flüssigkeit an die Tür anpassen", sagte Omrak.

„Du kennst das?", fragte Daniel.

„Es ist ein gewöhnliches Rätsel", antwortete Omrak, während er nach vorne ging. „Darf ich?"

„Sicher …", sagte Daniel.

Asin blinzelte, als der große Nordländer ohne zu zögern begann, das farbige Wasser in den leeren Behälter zu gießen. Es dauerte kaum ein paar Sekunden, bis Omrak fertig war und den Behälter gegen das Licht hielt.

„Gut?“, fragte Asin und blickte auf den Behälter und seinen Inhalt. Ein unglücklicher Aspekt, eine Catkin zu sein, war ihre reduzierte Fähigkeit, Farben zu beurteilen, zumindest aus Sicht der Menschen.

„Ein bisschen mehr Rot“, sagte Omrak und ging zurück, um die Flüssigkeit schnell zu fixieren, bevor er das ganze Gebräu in den Griff goss. Die Tür zitterte einen Moment lang und Daniel hob seinen Streitkolben, auf der Hut vor weiteren Monstern. Er entspannte sich erst, als die Tür aufsprang und ein weiterer leerer Raum zu sehen war.

„Gut.“ Asin stürmte nach vorne und klopfte Omrak auf die Schulter. Omrak zuckte nur mit den Schultern und nahm das Kompliment an.

***

„Wurden wir gerade zurück an den Start transportiert?", fragte Daniel und blickte sich um. Das letzte Puzzle, vor dem sie gestanden hatten, war ein Rätsel. Eine einzige falsche Antwort und sie waren wieder im Fliesenraum. Daniel atmete frustriert aus, als er auf das Fliesenset starrte, für das Asin wieder die Verantwortung übernommen hatte.

„Es sieht so aus, Held", sagte Omrak.

„Daniel. Es heißt Daniel", murmelte Daniel gereizt, als er sich wieder an der Tür abstützte.

„Natürlich, Held Daniel."

„Nein. Nur Daniel."

„Ja, Held Nur Daniel."

„Du machst Witze, oder?“

Omrak lächelte nur, während er zu Asin und dem Fliesensatz zurückblickte, um zu sehen, wie weit sie gekommen war.

Nach einem zweiten gescheiterten Versuch von Asin wandte sich Daniel an Omrak. „Was hat dich nach Karlak verschlagen? Es muss doch nähere Anfänger-Dungeons gegeben haben.“

„Vier“, sagte Omrak. „Keiner war allein für Nahkämpfer geeignet. Ich hatte geplant, Karlak allein zu erledigen.“

„Was hat sich geändert?“

„Münzen“, antwortete Omrak mit einem selbstironischen Lachen. „Ich konnte nicht so schnell vorankommen, wie ich verdient habe. Da hat eine Gruppe geholfen.“

„Hm“, sagte Daniel. Das Knirschen einer sich erhebenden Wand veranlasste den stämmigen Abenteurer, sich umzudrehen und den herauskommenden Kobold anzustarren. Müßig fing er den Angriff hoch auf seinem Schild ab, wirbelte seinen Streitkolben herum und schlug ihn in den Raum zwischen der dritten und vierten Rippe des Kobolds, wodurch sein Herz zerbrach und er sofort tot war.

„Asin, wie läuft es?"

„Knapp. Jetzt einfacher", murmelte sie und starrte auf die Möglichkeit, die sie nun hatte. Daniel bückte sich gerade, um den Manastein einzusammeln, bevor er sich wieder an die Wand lehnte. Das würde wieder ein langer Tag werden.

∗∗∗

„Langer Tag", murmelte Liev und starrte auf die kleine Portion Münzen, die das Trio anbot.

„Rätselebene", brummte Daniel. Auf Lievs hochgezogene Augenbraue hin beschrieb er die Ebene für Liev, der nickte.

„Ah, die waren immer angenehm", sagte Liev und lächelte über seine eigenen Erinnerungen.

„Hm. Für dich vielleicht", murmelte Daniel. Vier weitere Male hatten die drei es geschafft, den ersten Raum zu überwinden. Einmal hatten sie sogar den dritten Raum geschafft, aber jeder gescheiterte Versuch nach dem ersten Raum schickte sie zurück in diesen, um von vorne zu beginnen. Es half nicht, dass sich die Fragen im dritten Raum, wie alle anderen Rätsel auch, ständig änderten, sodass eine einmal richtige

Antwort keine Garantie für eine richtige Antwort beim nächsten Mal war.

Jeder neue Raum war ein anderes Rätsel, das vierte eine Reihe von Hebeln und Seilen, die Gewichte steuerten, die perfekt ausgerichtet sein mussten. An diesem Rätsel hatte sich Daniel versucht – und war gescheitert. Omrak war nach wie vor der Star der Gruppe, denn er versäumte es kein einziges Mal, die Farbe der Tür zu treffen.

„Sind die Elms schon draußen?", fragte Daniel.

„Nein", sagte Liev und schüttelte den Kopf. Er hielt inne und starrte das Trio an, bevor er langsam fortfuhr: „Vielleicht beschließen sie absichtlich, ein wenig Zeit auf dieser Ebene zu verbringen."

„Warum?"

„Sie haben einen Magier dabei“, sagt Liev, als ob das alles erklären würde. Die verwirrten Blicke, die er von den anderen erntete, ließen ihn fortfahren. „Magier gewinnen an Erfahrung durch Wissen und Rätsellösungen. Eine Rätselebene wie diese könnte einen angehenden Magier um einige Level voranbringen.“

„Oh …“, sagte Daniel. Gut, das ergab Sinn. Heiler, echte Heiler mit der Klasse und allem, sammelten Erfahrung durch Heilen. Es ergab Sinn, dass Magier Erfahrung aus Rätseln und dem Sammeln von Wissen gewinnen würden.

„Wir sollten nichts überstürzen“, mahnte Liev. „Wir haben Ilonas Gruppe heute verloren. Piersons Gruppe hat ihre Leichen in der dritten Ebene neben dem Champion gefunden.“

„Aber … sie waren –", sagte Daniel und stotterte ein wenig.

„Stärker als das? Nicht, wenn du zu sehr drängst. Ein Fehler und du bist tot. Das weißt du", sagte Liev und schüttelte den Kopf. „Nur weil es eine untere Ebene ist, heißt das nicht, dass man es zu sehr übertreiben darf."

Daniel schnitt eine Grimasse, als er die Münzen von Asin entgegennahm. Liev hatte recht, auch wenn Daniel diese Tatsache hasste. Vorsicht war wichtig, ganz gleich, welche Belohnungen es gab. Sie mussten es langsamer und vorsichtiger angehen, auch wenn die fünfte Ebene nicht gut bezahlt wurde. Auch, wenn sie nicht viel an Erfahrung gewinnen würden.

„Pass auf dich auf, Liev", sagte Daniel und winkte dem rothaarigen Aufseher zum

Abschied zu. Die anderen in seiner Gruppe hatten sich bereits auf den Heimweg gemacht, nachdem sie ihren Teil des Tagesverdienstes mitgenommen hatten. Morgen mussten sie früh aufbrechen.

Kapitel 9

„Wir sollten Ebene sieben erforschen und nicht dumme Rätsel spielen", schnauzte Amrah, als sie den Magier eine Woche später beim Abendessen im Top anstarrte. Daniel und Asin aßen an diesem Abend leise und nicht weit von ihnen entfernt ihre Mahlzeit und genossen die Wärme des nahen Kamins. Das Abenteurertrio steckte immer noch in der fünften Ebene fest, obwohl sie jetzt wenigstens wussten, dass es insgesamt acht Räume gab. Der letzte Raum enthielt kein Rätsel, nur den Ebenen-Champion. Wenn sie es bis morgen schaffen würden, den siebten Raum zu knacken und zu besiegen, könnten sie vielleicht endlich weiterziehen.

„Wir haben vereinbart, unsere Zeit zu teilen", sagte Harald der Magier ruhig. „Ist das eine formale Bitte, unsere Vereinbarung zu ändern?“

Amrah knurrte, setzte sich aber mit einem Ruck hin und weigerte sich, dem Magier in die Augen zu sehen. Ein leichtes Lächeln ging über Haralds Gesicht, bevor er sich wieder seinem Getränk zuwandte. Es war über eine Woche seit ihrer Ankunft vergangen und mittlerweile war die Anziehungskraft einer Fortgeschrittenen-Gruppe abgeklungen. Es gab immer noch Leute, die nach den Geschichten fragten, die Amrah mehr als bereitwillig erzählte, aber zum größten Teil hatten die Abenteurer ihre eigenen Geschichten zu erzählen.

Die Stadt brummte nun so vor Geschäftigkeit, und sogar Elise sprach davon, ihr Gasthaus zu vergrößern. Die neuen Ebenen hatten die Fantasie vieler

Möchtegern-Abenteurer beflügelt, die in einem konstanten Strom ankamen und alle Zimmer in den Gasthäusern der Stadt belegten. Sogar erfahrene Anfänger waren bereit, den neuen Dungeon auszuprobieren, zumal die größere Auswahl an Ebenen eine vielfältigere Trainingserfahrung bot. Karlak entwickelte sich schnell zu einer Stadt, die eine große Bandbreite an Abenteurern ansprach. Es hieß, dass Vinnie, der einzige Bogenmacher in der Stadt, inzwischen so beschäftigt war, dass er seine Preise verdreifacht hatte.

Daniel blickte zu Asin, neugierig, ob sie das Gespräch mitbekommen hatte. Die Catkin nickte nur, während sie an ihrem Sabu nippte, und zuckte kurz mit den Ohren, bevor sie sich mit einem Lächeln der Tür zuwandte. Khy'ra trat einen Moment später ein, im Schlepptau ein protestierender, rothaariger Aufseher. Als sie die beiden entdeckte, flitzte sie sofort auf sie zu.

„Daniel, Asin", begrüßte Khy'ra sie, bevor sie sich herunterbeugte, um Daniel einen Kuss auf die Lippen zu drücken. „Behaltet ihn im Auge. Und du. Setz dich."

Liev setzte sich murrend neben das verwirrte Paar.

„Ich bin unter Protest hier."

„Anweisung der Heilerin", sagte Khy'ra, während sie ein paar schäumende Bierkrüge hinunterstürzte. „Rutsch rüber. Du bist nicht mit Daniel zusammen."

Liev grunzte, wechselte den Platz und ließ die Elfe neben dem stämmigen Abenteurer Platz nehmen.

„Wo ist Omrak?"

„Dock", sagte Asin.

„Arbeitet er immer noch da unten?", fragte Daniel und blinzelte. Das hatte er nicht gewusst. Und woher wusste es Asin?

„Münzen."

Khy'ra lächelte leicht und hörte den beiden zu, während Liev sein Bier hinunterschluckte.

„Hab dich lange nicht mehr draußen gesehen, Liev." Daniel wandte sich an den Rotschopf. Liev hustete und räusperte sich, während er sein Bier leertrank.

„Ja. Tja, ein neuer Dungeon erfordert eine erhebliche Menge an Arbeit. Eine sehr große Menge an Arbeit", sagte Liev und seufzte. „Ich sollte wirklich wieder dort sein. Es gibt Berichte abzuheften, Karten in Auftrag zu geben, Beschwerden zu bearbeiten … Aua!"

„Nein. Du brauchst eine Nacht frei. Und ein anständiges Essen“, sagte Khy'ra und verpasste ihm einen kurzen Schlag auf den Hinterkopf.

„Du hättest mich nicht schlagen müssen“, murmelte Liev und rieb sich den Scheitel.

„Nein, aber es hat Spaß gemacht“, spottete Khy'ra über den alten Aufseher, bevor sie den Kopf schüttelte. „Ihr Götter, das erinnert mich an das letzte Mal, als ich dich zu einer Pause zwingen musste.“

„In Corabia?“, sagte Liev.

„Ja“, sagte Khy'ra und lächelte leicht. „Wir mussten dich mit Gewalt aus der Bibliothek holen, nur damit du nach drei Wochen wieder etwas zu essen bekamst.“

„Sie hatten Dutzende von Büchern, die ich sonst nirgendwo gesehen habe. Ich musste eine Kopie von ihnen erstellen", sagte Liev.

„Das sagst du doch immer." Khy'ra rollte mit den Augen.

„Ihr zwei habt zusammen ein Abenteuer erlebt?", fragte Daniel und schaute die beiden an.

„Ja. Es ist gut, ab und zu mal rauszukommen und nicht aus der Übung zu kommen", sagte Khy'ra und lächelte. „Nicht, dass wir das heutzutage oft machen, aber ..."

„Aber Rechnungen müssen bezahlt werden", beendete Liev den Satz für sie. „Und wir haben alle teure Angewohnheiten."

„Die Klinik ist keine Angewohnheit", schmollte Khy'ra. Daniel nickte und drückte sie kurz an der Taille. Die Kellnerin kam vorbei und stellte die Teller ab.

„Natürlich nicht", antwortete Liev und lächelte leise, während er etwas Kartoffelbrei auf seine Gabel packte. Er hielt mit der Gabel in der Hand inne und fügte nachdenklich hinzu: „Wir haben es nie zu den Rysy-Spitzen geschafft."

„Nein. Vielleicht ein anderes Mal", antwortete Khy'ra.

„Ist das nicht der Master-Dungeon?", fragte Daniel. „Einer von einem Dutzend auf der Welt?"

„Ja. Einer der beiden, die innerhalb der Grenzen von Brad liegen", sagte Liev. Das war einer der Gründe, warum das Königreich so viel Einfluss hatte: Da die Abenteurer einen beträchtlichen Teil der Streitkräfte des Königreichs ausmachten, sorgte ihre Fähigkeit, innerhalb der Grenzen des Königreichs bequem voranzukommen, dafür, dass sie in jedem Konflikt einen wichtigen Beitrag leisten konnten. Es bedeutete auch, dass sie oft als Botschafter fungierten, wenn sie nahegelegene Königreiche besuchten, um die Dungeons dort zu säubern.

„Dechen Cave?", sagte Asin und deutete zwischen den beiden hin und her.

„Ich nicht", antwortete Liev und schüttelte den Kopf. „Nichts Interessantes dort für einen Magier. Keine Zauberbücher oder Wälzer oder sonst etwas."

„Nur ein paar Mal", antwortete Khy'ra.

„Paar Mal?" Asins Augen weiteten sich und starrten die Elfe an.

„Ich wurde die ersten paar Male hindurchgeführt", beruhigte Khy'ra sie und winkte mit einer Hand ab. „Es ist nicht so schwierig, wie die meisten denken.“

Liev schnaubte über ihre gespielte Bescheidenheit. Daniel saß einfach da und starrte seine Freundin an. Offensichtlich gab es ein paar Dinge, die er nicht über die schöne Elfe wusste. Oder, wenn man bedachte, wie alt sie war, wahrscheinlich mehr als ein paar Dinge.

Trotzdem beugte er sich vor und murmelte ihr ins Ohr: „Ist das die Art, wie du die Klinik finanzierst?“

„Meistens. Ich bekomme natürlich Spenden und die helfen“, antwortete sie flüsternd und schaute zu Liev hinüber. „Ich hoffe, es macht dir nichts aus. Er braucht einfach eine Auszeit, aber er will sie nicht.“

„Nein“, gluckste Daniel und grinste dann plötzlich. „Liev, du hast dich also schon mit

Khy'ra beschäftigt. Ich bin sicher, du hast ein paar Geschichten …"

Khy'ra stieß einen kleinen Schrei aus und starrte dann Daniel an. Er kicherte über die Reaktion seiner Freundin, bis sie ihn mit dem Ellbogen in die Rippen stieß, woraufhin er ihr einen kurzen Kuss gab, bevor er zu seinem neuen Opfer zurückblickte. Der rothaarige Aufseher beobachtete das Geplänkel zwischen den beiden, bevor er lächelte und sagte: „Gut … Da gibt es einige. Da war dieses eine Mal in Sopot …"

Daniel machte es sich mit Asin gemütlich und hörte Liev zu, der von Khy'ra und ihren alten Abenteuern erzählte. Doch im Hinterkopf drehten sich seine Gedanken um die beiden Master-Dungeons, von denen sogar seine versierte Freundin einen nicht abgeschlossen hatte.

Kapitel 10

„Liegt es nur an mir oder ist dieser Dungeon viel merkwürdiger als früher?", fragte Daniel am nächsten Tag mit großen Augen. Sie hatten nur einen einzigen Versuch gebraucht, um den ganzen Weg durch die anderen Räume zu schaffen, und nun starrten sie auf ihr letztes Hindernis – den Ebenen-Champion. Der Raum des Champions selbst war kahl und wurde von einer Reihe von flammenden Fackeln in verschiedenen Farben beleuchtet.

„Seltsamer", bestätigte Asin.

„Was sollen wir angreifen?", sagte Omrak, seine Stimme klang verwirrt.

„Hmm …" Daniel blinzelte auf das Monster, das aus farbigen Quadraten bestand, die sich ständig veränderten. Das

Monster hatte weder einen Kopf noch einen richtigen Körper, seine gesamte Gestalt wandelte und drehte sich. Noch merkwürdiger war, dass sich die Farben in jedem Block ebenfalls veränderten. Daniels neue Skillfertigkeit schien ihm noch keine Hinweise zu geben, denn das Monster hatte keine Augen, Ohren oder andere klare Schwachstellen. „Hau auf alles drauf und schau, was passiert?"

„Fächer?", fragte Asin und nahm eine Reihe von Messern in ihre Hand.

„Das könnte klappen. Omrak und ich werden einschreiten, wenn wir etwas sehen. Omrak, du gehst nach oben und ich nach unten", entschied Daniel entschlossen, während er sich um die Tür herum zurücklehnte und an seiner Armbrust kurbelte, um einen Bolzen einzulegen.

„Fertig", sagte Daniel.

Asin warf einen Blick zu Omrak, der nur nickte, bevor sie sich um die Ecke drehte und in den Raum stürmte, ihre Messer warf und ihre Skillfertigkeit aktivierte. Ihre Messer blitzten auf, vervielfachten sich und trafen das Monster quer durch seine Körperwürfel. Die meisten wurden von der Rüstung der Kreatur abgewehrt, nur ein Paar versank in einem blauen Würfel.

Sofort visierte Daniel das Monster an und feuerte seinen Pfeil auf einen blauen Würfel, der die Kreatur vom Boden abhielt. Omrak warf seine Wurfaxt, aber beide Angriffe prallten ab. Daniel zögerte, einen Moment lang verwirrt über diese unerwartete Entwicklung. Er wartete einen Moment, dann ließ er seine Armbrust los und ließ sie auf den Boden fallen, während er das Monster angriff.

Omrak war vor ihm da und schwang sein Schwert auf jeden Würfel, während er den plötzlichen Richtungswechseln auswich, so gut er konnte. Asin huschte ebenfalls zur Seite und schleuderte ihre Messer auf willkürliche Würfel, während sie versuchten, herauszufinden, was die Lösung des Rätsels in diesem Fall war.

„Grün!", brüllte Omrak, als sich seine Klinge in den farbigen Würfel bohrte. Er riss die Klinge heraus, während Daniel einen Moment später selbst einen erfolgreichen Schlag landen konnte. Asins geworfenes Messer prallte ein paar Sekunden später an einem ähnlich gefärbten Würfel an der Spitze der Kreatur ab.

Omrak war wieder zu wahllosen Schlägen übergegangen, da seine Angriffe nicht mehr funktionierten. Eine plötzliche Verschiebung des kubischen Körpers führte dazu, dass der Nordländer ohne Vorwarnung getroffen und zurückgeschleudert wurde. Daniel war in der Nähe und konnte fast schwören, dass er die Knochen brechen hörte. Er hatte keine Zeit, sich um seinen Freund zu kümmern, denn das Monster richtete seine Aufmerksamkeit nun auf ihn. Gezwungen, sich zu verteidigen, hielt Daniel seinen Schild und seinen Streitkolben zusammen, um Angriffe zu blockieren und zu parieren, die in plötzlichen Wellen von farbigen Blöcken kamen.

Omrak kehrte mit einer heftigen Explosion in den Kampf zurück, sein

Schwert schlug das Monster von Daniel weg. Daniel atmete erleichtert aus und nahm sich einen Moment Zeit, um zu Atem zu kommen. Es musste ein Muster geben, wie man gewinnen konnte, aber bis jetzt hatten sie es noch nicht herausgefunden. Die verwundbaren Würfel veränderten sich nicht nach jedem Angriff, noch rotierten sie in einer bestimmten Reihenfolge oder an einer bestimmten Stelle. Sie waren auf irgendeine Art und Weise getaktet, aber das allein reichte nicht aus. Daniel holte noch einmal tief Luft und machte sich bereit, einen Schritt nach vorne zu machen, als das Licht wieder flackerte. Zu den Fackeln hingezogen, runzelte er die Stirn. Die Fackel, die grün gefärbt war, schien in diesem Moment stärker zu sein als die anderen.

Seinem Instinkt folgend rief er die Farbe laut aus. Asin wich einem Angriff aus und versenkte ein Messer in einem freiliegenden grünen Würfel. Omrak war zu beschäftigt, um anzugreifen, während er sich verteidigte, und als Daniel sich duckte und den Angriffen des Monsters auswich, hatte die Flamme bereits geflackert. Daniel konnte jedoch Asins Klinge sehen, die in den grünen Würfel eingebettet war.

„Gelb", rief Daniel, als er seinen Streitkolben in den entsprechend farbigen Würfel schlug. „Die Fackeln. Folgt den Fackeln!"

Sobald sie die Verwundbarkeit des Monsters herausgefunden hatten, wurde der Kampf einfacher. Jeder Angriff, der das Monster verletzte, verlangsamte es weiter, machte die Verschiebung der Blöcke ruckartiger. Angriffe, die sie vorher verletzt hatten, waren nun einfach auszuweichen oder zu blocken, und als das Monster schließlich aufhörte, sich zu drehen und zu winden, brach das Trio müde zusammen. Daniel stöhnte leicht, als er sich aufrappelte, zu Omrak hinüberging, um an ihm das *Zeichen des Heilers* anzuwenden. Dann ging er zu Asin, die sich den Knöchel rieb. Er lächelte leicht auf ihr Nicken hin, bevor er die Ebenentruhe öffnete und den Manastein einsteckte. Gut, das war gar nicht so schlecht. Sicherlich würde Liev für die Informationen dankbar sein.

***

Als die Gruppe die sechste Ebene betrat, wurden sie eindringlich an den vorherigen zweiten Sektor des Dungeons erinnert, wo der Draxillianische Crawler lebte. Im Gegensatz zu den vorherigen Höhlen waren die Gänge hier alle auf einer Ebene. Aber es waren sehr wohl Höhlen mit schmutzigen Böden, tropfendem Wasser und Gängen, durch die sie gehen mussten.

„Crawler?", murmelte Daniel und sah sich um. Das hier schien ihm bekannt vorzukommen, aber die Tatsache, dass sich alles auf einer Ebene befand, schien darauf hinzuweisen, dass sich hier eine andere Art von Monster befand. Vielleicht hatte der Dungeon einfach beschlossen, den ähnlichen Aufbau zu wiederholen, weil es einfacher war. Oder war es der Gott, Panqua? Wurde er von dem beeinflusst, was zuvor vorhanden gewesen war? War es Dungeons oder Panqua wichtig?

„Nein." Omrak ging nach vorne und zeigte auf den Boden. „Diese Spuren sind anders."

Asin ging in die Hocke und fuhr mit ausgefahrenen Krallen über die Spuren. Sie hielt ihnen ihre Handfläche entgegen und maß mit gerunzelten Brauen die Größe und später auch die Tiefe. Humanoide Spuren, gewissermaßen. „Dünn."

„Ja, definitiv", sagte Omrak. „Skelette?"

Asin zischte bei der Erwähnung, bevor sie aufstand und ihr Nahkampfmesser herauszog. Daniel hob seinen Streitkolben, als er nach vorne trat, um instinktiv die Führung zu übernehmen. Omrak knurrte leise, als er auf die Gänge starrte, bevor er sein eigenes Schwert in die Scheide steckte und eine Wurfaxt zum Schwingen herauszog.

„Gut, probieren wir es aus", murmelte Daniel und ging vorwärts in die Dunkelheit, die nur von der Fackel erhellt wurde, die Omrak ihnen hilfsbereit hinhielt. Immerhin hatten sie Zeit, da sie die vorherige Ebene so schnell hinter sich gebracht hatten. Zumindest konnten sie erfahren, welchen Monstern sie gegenüberstehen würden.

Ein Teil von Daniel seufzte und fragte sich, ob er jemals seine Armbrust benutzen würde. Es fühlte sich auf jeden Fall so an, als würde er immer wieder in die Rolle des Nahkämpfers gedrängt – selbst Omrak war besser und schneller mit seinen Wurfäxten als er. Andererseits würde es vielleicht auch helfen, wenn er mehr Zeit auf dem Schießstand verbrachte.

Daniels Grübeleien über seine Unzulänglichkeiten fanden ein abruptes

Ende, als das klirrende, knirschende Geräusch von Knochen, die auf Knochen stießen, durch die Luft drang. Stirnrunzelnd hob er seinen Schild höher, bevor er die Höhle betrat. Im Höhleninneren entdeckte er schnell ein Dutzend Skelette, die auf unheimliche Art und Weise zusammengehalten wurden. Knochen schwebten übereinander oder kratzten aneinander, wenn eine Bewegung zu schnell ausgeführt wurde, wie als sich die Kreaturen mit weit aufgerissenen Mäulern den neuen Eindringlingen zuwandten. Zu Daniels Überraschung ließ die Gruppe ein entnervendes, jenseitiges Heulen los, das die Abenteurer in ihren Schritten erstarren ließ, bevor die Skelette angriffen.

Als das erste Skelett ihn erreichte und seine knochigen Hände nach Daniels

Gesicht ausstreckte, zuckte er zurück und kam durch den Angriff wieder zu sich. Sein Helm schützte seine Augen und sein Gesicht, aber das Monster hinterließ trotzdem einen langen, blutenden Kratzer an seinem entblößten Kinn. Der Schmerz versetzte Daniel einen Schock, sein Streitkolben schwang zur Seite, um eine Hand beiseitezuschlagen, während er sich unter seinem Schild zusammenkauerte.

Hinter ihm wurde Asin durch den Gestank der Unterwelt wachgerüttelt. Trockene Erde, modrige Knochen und etwas anderes, etwas Unnatürliches, drangen in ihre empfindlichen Nasenlöcher. Sie knurrte leise, als sie an dem immer noch in Schockstarre verfallenen Omrak vorbeihuschte und ihm dabei mit dem

Ellbogen in die Seite stieß, damit er Daniels Linke schützte.

Omrak stöhnte schockiert auf, der Schmerz brachte ihn zurück in den sich ausbreitenden Kampf. Vor Wut brüllend, trat Omrak nach vorne an Daniels Seite, bevor er mit seiner Axt auf einen freiliegenden Knochen einhackte. Die kürzere Axt schwang herab, verfehlte nur knapp die Stalaktiten, die von der Decke hingen, bevor sie in das Schlüsselbein des Skeletts krachte. Wieder und wieder griff Omrak an, die Wut über die unnatürliche Angst, die die Monster in ihm auslösten, übernahm seine Sinne. Mit bloßer Kraft gelang es Omrak, die Knochen zu zertrümmern, aber es waren mehrere Schläge nötig.

Daniel mit seinem Streitkolben war dafür am besten geeignet; die Metallkanten zermalmten und pulverisierten Knochen mit jedem Schlag. Gelegentlich machte Daniel einen Schritt nach vorne und schlug auf ein anderes Monster ein, damit sich die Monster auf ihn als Speerspitze ihres engen Dreiecks konzentrieren konnten. Ohne Waffen waren die Monster nicht in der Lage, den gut geschützten Abenteurer zu verletzen, was es ihm ermöglichte, sich in die Gruppe zu drängen.

Als Daniel sich zurückzog, um den Brustkorb eines Skeletts zu zerquetschen, wurde er an seinem Streitkolbenarm gepackt. Der Abenteurer zuckte nach hinten, als er versuchte, sich loszureißen, konnte aber den Griff des Monsters nicht lösen. Er kämpfte einen Moment lang, als das Skelett seinen

Körper auf seinen Arm warf und Daniel zwang, das gesamte Monster anzuheben. Da er abgelenkt war, griff ein weiteres Skelett nach seinem Schild und riss ihn herunter, während ein drittes Monster sich direkt auf den Abenteurer stürzte. Nur ein Senken seines behelmten Kopfes in letzter Minute ermöglichte es Daniel, sein Gesicht zu schützen, als das Monster versuchte, in das freigelegte Fleisch zu beißen. Trotzdem schaffte es, seine Zähne in seinen Wangenknochen zu versenken und das Fleisch herauszureißen.

Asin zischte, als sie sah, dass Daniel in der Falle saß und mit den Monstern kämpfte, aber sie konnte sich nicht bewegen, um zu helfen. Jeder Schnitt mit ihrem Messer schickte Lichtbögen entlang der gelblich-weißen Knochen der Gegner, aber die

Angriffe schienen wenig zu bewirken. Sie konnte nur Zeit gewinnen, indem sie das Monster ablenkte, während sie es angriff, und es davon abhielt, sich auf ihren Freund zu stürzen.

Hilfe kam in Form von starken Fingern, als Omrak zwischen den Brustkorb des Skeletts griff, das Daniels Streitkolben festhielt, die Wirbelsäule packte und das Monster nach oben hob, bevor er es auf Omraks ehemaligen Gegner warf. Die Aktion befreite Daniels Arm auf Kosten seines Streitkolbens. Daniel konnte sich wieder bewegen, drehte sich und schlug seine Faust mit dem Fehdehandschuh in den Schädel des Skeletts, das sich an seinem Körper festgekrallt hatte, um sein Gesicht zu fressen. Daniel knurrte und schlug immer wieder auf das Monster ein, wobei sich

Instinkt, Angst und Wut zu gleichen Teilen mischten.

Als der Kopf des Skeletts schließlich zersplitterte und der blutige Kieferknochen und der Schädel in Stücke zerfielen, fiel die Kreatur von Daniels Körper. Die Panik ließ ein wenig nach. Daniel starrte auf das Skelett, das sich immer noch an seinem Schild festhielt, und löste *Schildschlag* aus, der den Schild ein paar Zentimeter nach vorne schleuderte und das Skelett wegwarf.

„Hier!", knurrte Omrak und warf Daniel seinen Streitkolben zurück.

Mit der Waffe im Anschlag pirschte sich Daniel nach vorne, um seinen eigenen Gegner zu erledigen. Es dauerte nur wenige Sekunden, bis Daniel ihn zerschlagen hatte, bevor er zurückkehrte, um Asin zu helfen, deren Gegner zwar angeschlagen, aber noch auf den Beinen war.

„Sieht so aus, als würden sie sterben, wenn man den Schädel aufschlägt", sagte Daniel, nachdem er an sich selbst das *Zeichen des Heilers* angewandt hatte, um den Heilungsprozess zu beginnen.

„Ja. Aber er muss vollständig zertrümmert werden", sagte Omrak und blickte sich zwischen den verblassenden Knochen um. Asin zog ihr Messer näher an sich, testete die Schneide und zog eine Grimasse.

„Messer nicht funktionieren", beschwerte sich Asin und wedelte mit dem Schwanz hin und her.

„Aye, es ist nur mein Skill, das es mir erlaubt, meine Axt zu benutzen", stimmte Omrak zu. „Und ich bin nicht in der Lage, mein Schwert in diesen Höhlen zu benutzen.“

„Zurück?“, fragte Asin und runzelte die Stirn, als ihr Schwanz hinter ihr ausschlug.

„Ich komm ganz gut zurecht“, betonte Daniel. „Meistens.“

„Glaubst du, dass wir die Ebene schaffen, wenn du die Führung übernimmst?“

„Wahrscheinlich?“, sagte Daniel und begutachtete die beschädigten Skelette, die den Boden säumten. „Das ist nur Ebene sechs.“

Omrak blickte zu Asin, die nur resigniert nickte. Noch einen Moment lang zögerte Omrak, bevor er schließlich zustimmte: „Nun gut, Held Daniel. Wir werden unser Schicksal in deine Hände legen.“

„Dann lasst uns gehen. Zumindest können wir einen Teil dieser Ebene kartografieren." Mit seiner Waffe im Anschlag schritt Daniel vorwärts.

***

Es dauerte kaum noch zwanzig Minuten, bis sie auf eine weitere Gruppe von Skeletten stießen. Daniel näherte sich schnell, stürmte rechts nach vorne, während er ein Monster auf die anderen sieben warf und eines nicht traf. Das angegriffene Skelett flog nach hinten, sein leichterer Körper war der größeren Kraft und Geschicklichkeit nicht gewachsen. Es schlug auf die anderen Monster hinter ihm ein, verhedderte die Gruppe und brachte einige zu Fall. Mit einem anerkennenden Brüllen ließ Omrak seine Axt fallen, um sein Schwert aus der Scheide zu ziehen. Diese Höhle war höher und breiter, groß genug, dass er seine Waffe mit Leichtigkeit schwingen konnte. Als die untoten Monster sich auf ihre knochigen Füße kämpften, schlug Omrak mit voller Wucht auf sie ein. Asin hielt Daniel in der Zwischenzeit den Rücken frei, bereit, ihm zu Hilfe zu kommen, wenn er es brauchte.

Nicht, dass er das zu diesem Zeitpunkt gebraucht hätte. Das einzeln stehende Skelett griff Daniel an, wurde aber mit einer harten Parade geblockt, die seine Armknochen brach. Im Gegenzug zertrümmerte Daniel seine Schläfe und ließ das Monster nach hinten taumeln. Aus den Augenwinkeln sah er, dass Omrak kurz davor war, umschwärmt zu werden.

„Du bist dran", rief Daniel, als er ein Skelett an den Rändern wie ein Stier angriff. Das Monster hatte seinen Arm verloren, zeigte aber keine Anzeichen einer Verlangsamung, als es den Nordländer angriff. Es war so sehr auf sein Ziel konzentriert, dass es Daniels Angriff nicht bemerkte, der es gegen eine nahe gelegene Wand schleuderte. Daniel drehte sich auf die Füße und benutzte die Kante seines Schildes, um die Wirbelsäule eines anderen Skeletts zu brechen, bevor er dessen Kopf mit seinem Streitkolben zermalmte.

Omrak, blutend und angeschlagen, wurde weiter in Richtung ihres Eingangs zurückgedrängt. Die Skelette setzten ihre zielstrebige Verfolgung fort und überließen Daniel ihre ungeschützte Rückseite zum Angriff. Daniel ergriff die sich ihm bietende Gelegenheit, griff mit weiten, kraftvollen Schwüngen an und beendete den Kampf schnell. Als er fertig war, hatte Asin es geschafft, ihren eigenen Gegner außer Gefecht zu setzen.

„Einfacher“, brummte Asin.

„Kein Schrei“, antwortete Daniel und blinzelte. Oh Mann, er verfiel manchmal in Asins Redemuster, ohne nachzudenken.

„Ja. Haben wir sie überrascht?“, fragte Omrak.

„Vielleicht“, schniefte Asin und zuckte mit den Schultern, während sie die Zeit damit verbrachte, sich nach Manasteinen umzusehen. Daniel bückte sich, um ihr zu helfen, sein Blick schweifte über die beiden Eingänge. Links oder rechts? Eigentlich war es im Moment egal – sie mussten nur den Dungeon kartografieren, bis sie die Treppe nach unten fanden.

***

„Das wird eine Weile dauern", sagte Daniel und schüttelte den Kopf, während er auf die Karte starrte, die nur er sehen konnte. Die Minikarte zeigte den weitläufigen Komplex, den sie in den letzten Stunden durchwandert hatten, mehrere Gänge, die von jeder Höhle ausgingen und die einzeln erkundet werden mussten. Schlimmer noch: Sie stießen oft auf kleine Gänge, durch die sie sich vorsichtig hindurchzwängen und die sie überprüfen mussten, da einige dieser Gänge in breitere oder größere Höhlen mündeten. Das bedeutete, dass sie sich langsam fortbewegten, um Seitengänge und kleine Öffnungen im Vorbeigehen zu überprüfen. Als Daniel die Karte betrachtete, seufzte er. Sie hatten kaum ein Viertel der Fläche einer

„normalen" Ebene zurückgelegt, und es war Zeit, den Rückweg anzutreten.

Er war so beschäftigt, dass Daniel die kleine Öffnung vor seinen Füßen übersah, seine Schritte trugen ihn vorbei, bevor er das Skelett sehen konnte, das sich frei grub. Asin, die direkt hinter Daniel war und vor ihnen nach Fallen Ausschau hielt, sah das Monster zu spät. Eine knochige Hand packte ihren Knöchel und zog sie auf die Knie, während das Skelett weiter aus dem Loch kroch und sich an ihrem Körper hochhebelte. Nägel krallten sich in die Catkin, gruben sich in das Fell und das darunter liegende Fleisch und öffneten lange Wunden entlang ihres Körpers. Jetzt war es nah genug; das Skelett biss auf den freiliegenden Oberschenkel, die Zähne zerrissen das Fleisch.

Als das Skelett seinen Kopf von der Verletzung anhob, Blut an seinen Zähnen herunterlaufend, griff Omrak nach vorne und packt das Monster am Hals. Mit seiner Axt schlug Omrak das Monster immer wieder direkt gegen die Höhlenwände. Haut und Fell rissen von Asin, als die Kreatur weggerissen wurde, was der Catkin die Möglichkeit gab, einen *Durchbohrenden Schuss* in die Höhle zu schicken, um den Schädel des nächsten Skeletts zu zertrümmern, das sich nach vorne zog.

Als er den Aufruhr hinter sich hörte, drehte sich Daniel um und ging schnell vor dem Loch in Stellung.

„Entschuldigung!"

Asin jaulte nur vor Frustration und Schmerz, während sie sich zurückzog, um die Krieger mit der nächsten Bedrohung fertig werden zu lassen, während sie nach Verbänden kramte. Da die Skelette gezwungen waren, nacheinander herauszukriechen, war es für Daniel ein Leichtes, sie alle zu erledigen. Die Monster wurden auseinandergerissen und Daniel legte eine Hand auf Asin, um sie zu heilen, während er wieder eine Entschuldigung murmelte. Dieser Dungeon zermürbte einen, er ließ einem nicht einen einzigen Moment für sich selbst. Ständig, ständig gab es eine Gefahr.

Asin, deren Fell und Haut langsam nachwuchsen, bückte sich, um die Manasteine aufzuheben, und jaulte unglücklich auf, wobei ihr Schwanz hinter ihr hervorlugte. So viele waren jetzt in ihrem Beutel, aber jeder Manastein war winzig und dunkel, ohne den Glanz, den ein guter Stein haben sollte.

„Tut mir schon wieder leid", sagte Daniel und sah sich endlich um. „Ich habe es übersehen. Hätte besser aufpassen müssen. Es war nur so klein."

„Klein", stimmte Asin zu.

„Har! Du sagst es", brummte Omrak und rieb sich den Kopf, wo er ihn versehentlich wieder an einem Stalaktiten angestoßen hatte. Die Höhle in diesem Teil des Dungeons war so niedrig, dass Omrak sich mehr als einmal den Kopf gestoßen hatte. Daniel hatte sich bereits mit einer übel blutenden Kopfwunde und einer beginnenden Gehirnerschütterung herumschlagen müssen. „Ich fürchte, diese Höhle wird eher mein Ende sein als das unserer Gegner."

„Trotzdem ein guter Zeitpunkt, um anzuhalten. Es wird Zeit, umzukehren", sagte Daniel und deutete den Weg zurück, den sie gekommen waren. „Wir werden diese Ebene heute nicht beenden. Vielleicht erst in ein paar Tagen."

Asin nickte und kratzte sich an einem Ohr. „Karte?"

„Ich mache das", sagte Daniel.

„Kaufen", sagte Asin und schüttelte den Kopf. „Elm verkaufen?"

„Oh …" Daniel runzelte die Stirn, nickte aber schließlich. Die Catkin hatte recht; wenn es hier eine schnellere Möglichkeit gab, sollten sie sie nutzen. Obwohl er bezweifelte, dass die Elms so zuversichtlich waren, dass sie den Standort und die Route zur nächsten Treppe nach unten verkaufen würden.

Er dachte über diesen Gedanken nach, während er den Rückweg anführte. Die Rückkehr verlief ereignislos, abgesehen von ein paar weiteren Angriffen, die die Gruppe mit Leichtigkeit bewältigte. Als die Gruppe schließlich in der Abenteurergilde ankam, schleppten sie sich jedoch dahin. Es war ein langer, anstrengender und ermüdender Tag gewesen.

„Sechste Ebene?", sagte Liev und blickte auf die vor ihm aufgereihten Kristalle, während er die Berechnungen anstellte. Es waren sicherlich eine Menge. „Ich habe gehört, dass es dort von Skeletten wimmelt."

„Verseucht. Das funktioniert", sagte Daniel. „Die Elms haben keine Karte verkauft, oder?"

Liev schüttelte den Kopf und schwenkte seinen Notizblock, damit Asin und Omrak bestätigen konnten, bevor er das nötige Geld herausholte.

„Dachte ich auch nicht", seufzte Daniel. Das würde definitiv eine Weile dauern.

Kapitel 11

„Wie läuft's?", fragte Khy'ra Daniel, als sie im Bett lag und den jungen Mann bei der Arbeit an seinem Schreibtisch beobachtete. Daniel blinzelte und sah vom Pergament auf, auf dem er die Karte für die sechste Ebene zeichnete. Die Gruppe hatte vier Tage in diesem Level verbracht, und es schien, dass er zwar nicht wesentlich größer war als eine „normale" Ebene, aber die zahlreichen Verbindungs- und Sackgassen bedeuteten, dass mehr Platz auf der gleichen Fläche verteilt war. Zumindest schien es nicht so, als hätte sich der Aufbau der Ebene geändert.

„Schleppend. Wir müssen vielleicht morgen eine Übernachtung einlegen, wenn wir es schaffen wollen", sagte Daniel. „Uns läuft ständig die Zeit davon."

Khy'ra lächelte leicht und beobachtete Daniel, bevor sie aufstand und hinüberging, um sich seine Karte anzusehen. Blondes Haar fiel ihr dabei in Wellen über den Rücken, und Daniel nahm sich einen Moment Zeit, um den Anblick zu genießen. Die Elfe lächelte leicht, als sie das bemerkte, und beugte sich vor, um ihm auf die Nase zu tippen, während sie auf die Karte schaute. Nach einem Moment ruhte ihr Finger auf einer leeren Stelle.

„Da. Eure Treppe wird wahrscheinlich dort sein."

„Woher weißt du das?"

„Erfahrung", sagte Khy'ra, bevor sie einen Finger hochhielt. Sie ging schnell zu ihrer Truhe hinüber, beugte sich tief und winkte mit der Hand, bevor sie eine aufgerollte Karte hervorzog. Als sie zurückkehrte, fuhr sie mit der Hand über die Karte und murmelte etwas. Plötzlich begannen Linien über die Karte zu ziehen, schneller und schneller, bis vor ihnen eine detaillierte Zeichnung eines Dungeons war.

„Kommt dir das bekannt vor?", fragte Khy'ra, und Daniel nickte. Das war die dritte Ebene des alten Dungeons von Karlak. In dem Moment, als er das tat, sagte Khy'ra ein weiteres Wort auf Elfisch und die Karte änderte sich erneut.

„Peel, sechste Ebene."

„Porthos, siebte Ebene."

„Alytus, fünfte Ebene."

„Siehst du das Muster?", fragte Khy'ra, nachdem sie zahlreiche Dungeon-Karten auf ihrer magischen Karte durchgeblättert hatte.

„Nein …", sagte Daniel und schüttelte den Kopf. Wenn es eines gab, war es dezenter, als er sehen konnte.

„Gut, wenn du das kannst, wirst du anfangen zu verstehen, wie der Dungeon aufgebaut ist. Das könnte dir in Zukunft etwas Zeit ersparen", sagte Khy'ra und blickte dann auf seine Originalkarte, während sie ihre eigene zusammenrollte. „Natürlich wird das bei deinem Problem nicht viel helfen."

„Nein, zu viele Gänge", bestätigte Daniel und seufzte.

„Komm, lass uns ins Bett gehen", sagte Khy'ra, zerrte an seiner Hand und hauchte einen einladenden Kuss auf seine Lippen. „Der Dungeon wird auch morgen noch da sein."

Von Khy'ras Hand gelockt, warf Daniel die Karte hinter sich.

***

Am nächsten Morgen gähnte Daniel gerade, als Asin zum Eingang des Dungeons ging. Sie hob eine Augenbraue, überrascht, Daniel dort vor sich zu sehen.

„Früh."

„Ja." Daniel gähnte wieder, dann lächelte er leicht. Er griff nach unten und hob einige braune Pakete auf, die in Pergamentpapier und Bindfaden eingewickelt waren. „Ich habe heute nicht viel zu essen dabei. Ich habe aber ein paar Lunchpakete von der Gilde für heute und morgen abgeholt."

Asin schnüffelte, offensichtlich unzufrieden, nahm aber die Pakete, um sie in ihre Tasche zu stecken. Als der Wind sich drehte, nahm sie Daniels Geruch wahr, den Duft nach Khy'ra und den einer anstrengenden Aktivität in der Nacht. Mit gerümpfter Nase trat sie beiseite und hockte sich neben den Eingang.

„Wie laufen die Dinge?", fragte Daniel nach einer Weile, um die Stille zu füllen.

„Gut."

„Wirklich? Du warst in letzter Zeit ziemlich gestresst wegen unseres Verdienstes."

„Niedrig", stimmte Asin zu.

„Ich habe dich noch nie so besorgt gesehen."

Asin zuckte nur mit den Schultern und wich seinem Blick aus.

„Asin, wir sind Freunde. Du weißt, dass du mit mir über alles reden kannst, oder?", bohrte Daniel erneut nach.

Wieder nickte die Catkin nur, und Daniel gab auf, die Lippen zu einer festen Linie zusammengepresst. Vielleicht würde er Khy'ra später fragen, wenn er einen Moment Zeit hatte. Die beiden hatten wahrlich eine seltsame Beziehung entwickelt. Daniels Gedanken wurden unterbrochen, als Omrak sich ihnen näherte. Daniel bemerkte abwesend, dass Omrak heute einen einfachen, visierlosen Helm trug, sein erstes richtiges Rüstungsteil. Zeit, an die Arbeit zu gehen.

***

„Autsch", knurrte Omrak und drehte seine Schulter. Ein Skeletttrio hatte es geschafft, seine Hände zu ergreifen und seine Bewegungen einzuschränken, während ein viertes auf ihn einschlug. Die Gruppe hatte eine Höhle voller Skelette gefunden, deren Anwesenheit durch eine Wand verborgen gewesen war, und sie fanden sich in einem Schwarm wieder, bevor sie sich zurückziehen konnten. Jeder Einzelne der Gruppe trug nun Wunden vom Kampf, Asin entkam nur knapp mit dem Leben, indem sie eine Wand hochkletterte und sich außerhalb der Reichweite der Skelette aufhielt.

„Sorry. Ich bin fast fertig", sagte Daniel. Seine eiserne Rüstung hatte ihn vor den meisten direkten Angriffen geschützt, aber zwischen den Lücken und entlang der

Kanten, wo die Rüstung auf Stoff traf, war er zerkratzt und geprellt.

„Nicht wie“, sagte Asin, während sie einen weiteren Stein einsammelte und ihn in ihren Beutel fallen ließ. „Kann nicht schaden.“

Stimmt nicht ganz, dachte Daniel, als er ein Wurfmesser entdeckte und es seiner Freundin zurückgab. Ihr *Durchbohrender Schuss* konnte Schädel durchbohren und tötete Monster sofort. Leider zehrte jeder Einsatz ihres Skills an ihrer Ausdauer, sodass sie ihn nur gelegentlich aktivieren konnte. Ansonsten waren ihre Angriffe nur minimal effektiv.

„Gut, wir haben die unerforschte Region dieser Seite der Karte erreicht. Hoffentlich finden wir bald den Weg nach unten“, sagte Daniel beschwichtigend. Viel mehr konnte er nicht sagen. „Wenn alle bereit sind, meine ich.“

„Einen Moment“, sagte Omrak und prüfte erneut seine Schulter. Es zog immer noch stark, als er die Schulter drehte, was dem großen blonden Mann ein Zucken entlockte. „Vielleicht könnte ich ein *Zeichen des Heilers* gebrauchen.“

***

Stunden des Gehens, Quetschens, Kriechens und gelegentlichen Kletterns später hatte die Gruppe einen weiteren Abschnitt des Dungeons erkundet. Leider führte der letzte Abschnitt in eine Sackgasse, und so fand sich die Gruppe auf dem Rückweg zu ihrem letzten unerforschten Ort wieder.

„Das ist … neu", murmelte Daniel, als er seinen Kopf um die Ecke steckte. Asins Warnung hatte die Gruppe zum Stillstand gebracht, bevor sie eintraten, und nun beobachtete das Trio die Gruppe von Skeletten und dem Skelett-Champion, die unheimlich still in einer zuvor leeren Höhle standen. Der Skelett-Champion unterschied sich nicht von seinen Brüdern, abgesehen von einer tieferen, dunkleren Verfärbung seiner Knochen und dem Paar Kurzschwerter, das er trug.

„Champion", knurrte Asin leise und testete die Schneide ihres Wurfmessers.

„Schauen wir, ob wir ihn vorher töten können?", schlug Daniel vor.

„Ich kann es versuchen", bot Omrak an und hob seine Wurfaxt.

„Beides."

Sie zählten stumm bis drei, bevor die beiden aus ihrem Versteck hervorstürmten und ihre jeweiligen Waffen warfen. Das Messer und die Wurfaxt peitschten durch die Luft, bevor sie in schneller Folge von den Schwertern des Champions abgewehrt wurden.

Omrak stand fassungslos da, während Asin krampfhaft versuchte, ihre Bolas aus dem Gürtel zu ziehen. Wenigstens die funktionierten, besonders in einer so großen Menge. Daniel, der sah, dass der Angriff beendet war, trat nach vorne, um zu übernehmen.

Die normalen Skelette stürmten vorwärts, die Knochen schepperten aneinander, als sie mit ausgestreckten Händen ankamen. Der Champion blieb jedoch stehen und stieß stattdessen seinen lähmenden Schrei aus.

Die Gruppe zuckte zusammen und spürte, wie übernatürliche Angst durch ihre Glieder fuhr und sie ausbremste. Wenigstens hatten sie jetzt genug Erfahrung gesammelt, um der anfänglichen einfrierenden Wirkung des Schreis zu widerstehen. Trotzdem ertappte sich Asin dabei, wie sie mit dem Griff ihrer Bolas herumfummelte und ihn auf den erdigen Boden fallen ließ.

Das erste Skelett war auf Daniel, bevor er seinen *Schildschlag* aktivieren konnte, da er durch den Schrei verlangsamt war. Er konnte sich nur unter dem Schild zusammenkauern, den Angriff einstecken und nach hinten treten, um ihn zu absorbieren, während noch mehr Skelette auf ihn einstürmten. Als er eine Lücke sah, brüllte er und schickte sein Skill *Perins Schlag* direkt in den Brustkorb eines Monsters, wodurch die Knochen zertrümmert wurden und es in einem Hagel von Splittern nach hinten flog. Schwer verletzt brach das Monster zu seinen Füßen zusammen, während Daniel zur Seite trat, um einem greifenden Arm auszuweichen.

Hinter ihm schlug Omrak mit dem Knauf seiner Axt auf den Scheitel eines Skeletts ein, drückte das Monster zusammen und stieß es von den Füßen. Mit einem Rückhandschlag schlitzte er den Brustkorb eines anderen auf, das versuchte, die Gruppe einzukreisen. Dieser Angriff war minimal wirksam, um die Kreatur abzuschrecken, da sie wieder auf die Beine kam und ihren Weg fortsetzte.

Endlich wieder auf den Beinen, hüpfte Asin rückwärts und nach links, bevor sie die Bolas unter der Hand auf ein Skelett im

Rücken warf. Sie wickelten sich um das anvisierte Monster und um die Beine eines anderen, verhedderten sich beide und verschafften Daniel Zeit.

Daniel nutzte den kurzen Moment, konzentrierte sich und ließ einen *Schildschlag* gegen seinen aktuellen Gegner los, der das Monster nach hinten stolpern ließ. In der Lücke setzte er seinen *Doppelschlag* ein, um eine Hüfte und dann den Schädel eines anderen Skeletts zu brechen. Bevor er seine Deckung zurücksetzen konnte, sauste ein Schwert nach vorne, hüpfte an seinem Brustpanzer entlang und verfehlte sein Gesicht um Zentimeter. Der Skelett-Champion ließ Daniel keine Zeit zum Erholen und holte mit seinem anderen Schwert erneut aus, ein Schlag, der von

Daniels Schild gerade noch abgewehrt werden konnte.

Die beiden duellierten sich einen Moment lang. Daniel blockte Angriffe mit seinem Schild und seinem Streitkolben ab, der Champion hieb und stach mit Geschwindigkeit und Präzision zu. Daniel grunzte, als er wieder nach hinten trat und versuchte, die Kontrolle über den Kampf wiederzuerlangen. Unfähig zu helfen oder die Aufmerksamkeit der anderen Monster auf sich zu halten, begannen die Skelette um den Champion und Daniel zu kreisen, um seine Freunde anzugreifen.

Asin jaulte auf, als sie rückwärts krabbelte und einen weiteren Bola warf, um die Füße eines Skeletts zu verheddern, das sie verfolgte. Es war eine Verzögerungstaktik, aber zumindest bedeutete es, dass sie es nur mit zwei zu tun hatte. Neben ihr brüllte Omrak, als ein Skelett seinen Oberschenkel packte und sein Maul um sein Bein wickelte. Der Nordländer war nicht in der Lage, sich darum zu kümmern, während er ein zweites krallendes Skelett an seinem Brustkorb hochhielt und auf ein drittes einschlug, selbst als ein weiteres Paar versuchte, sich ihm zu nähern.

Daniel grunzte, als ein weiterer Schlag an seiner Deckung vorbeiging und an seinem Oberarmpanzer abprallte. Wie Daniel schnell feststellte, war der Skelett-Champion wesentlich geschickter als er. Ein gedämpfter Schmerzensschrei hinter ihm erinnerte ihn daran, dass Asin in Schwierigkeiten war, und er traf eine schnelle Entscheidung, indem er seinen Schild etwas höher hob.

Der Champion nutzte die Situation schnell aus und holte mit seinem Schwert aus. Im Vertrauen auf seine Rüstung stürmte Daniel gleichzeitig nach vorne und drehte seinen Schild so, dass er dessen Kante in den Nacken des Champions schlagen konnte, während er mit *Perins Schlag* angriff. Der Champion duckte sich tief, schaffte es aber nicht, den Schild vollständig zu durchbrechen. Die Spitze seines Kopfes wurde von der improvisierten Waffe erwischt, und der von Geschicklichkeit getriebene Schlag ließ das Monster nach hinten kippen.

Keuchend vor Anstrengung trat Daniel nach vorne und dem Monster direkt in die Brust, sodass der Champion nach hinten geschleudert wurde. Dann drehte sich Daniel zur Seite, um einen Blick auf seine

Kameraden zu werfen. Zu seiner Überraschung war es Omrak, der seine Hilfe am dringendsten benötigte, da der Nordländer von den Skeletten umschwärmt wurde. Daniel stürzte sich auf die Monster und löste erneut *Doppelschlag* aus, wobei jeder Angriff darauf abzielte, ein Monster von dem Riesen zu reißen. Er zog eine Grimasse, als eine abrupte Bewegung des Riesen einen seiner Schläge von Omraks Arm abprallen ließ, während er das Skelett abriss.

Endlich befreit, kämpfte sich Omrak auf die Knie. Wütend und rot glühend klemmte der Nordländer ein Skelett unter ein Knie und zog ein anderes zu Boden, indem er dessen Schambein packte. Am Boden liegend, schlug Omrak dem Monster wiederholt ins Gesicht, wobei der Augenhöhlenknochen zerbrach und schließlich der gesamte Schädel zertrümmert wurde.

Daniel, dessen anfänglicher Angriff verpufft war, beugte sich nach unten und stieß seinen Schild in die Mitte eines nahe gelegenen Skeletts, wodurch es von Omrak weg und in den Champion hineingestoßen wurde. Unter seinem Schild kauernd, schlug Daniel auf jede Öffnung ein, die er unter seinem Schild sah, und zertrümmerte Knöchel und Schienbeine, sobald er sie entdeckte. Ein Schwert zischte am Schild vorbei, traf in einem Winkel und schnitt tief in Daniels Seite nahe seinem Arm, wo sein Körper ungeschützt war. Der Angriff ließ seinen Arm zusammenbrechen und das Skelett, das er hochgehalten hatte, stürzte auf ihn.

Daniel taumelte einen Moment lang auf den Knien, bevor er mit den Schultern zuckte und das umgestürzte Monster hinter sich warf. Der Champion trat in die Öffnung, ein Schwert erhoben, um sich auf Daniels entblößte Kehle zu stürzen. Erst ein geworfenes Messer, das durch die Luft schnitt und gegen die Schläfe des Monsters krachte, milderte den Schlag ab, sodass er nutzlos an Daniels Rüstung abprallte.

Daniel zwang das bisschen Kraft, das er noch hatte, in seine Knie und löste erneut *Perins Schlag* aus, der den Champion im Stehen an der Wirbelsäule traf. Die Explosion der Kraft schleuderte den Champion nach hinten und ließ seine Wirbelsäule gebrochen zurück. Daniel hatte keine Zeit, sich zu freuen, denn er drehte sich um, um seinen Freunden zu helfen, die letzten Monster fertig zu machen.

Da der Champion gebrochen und unfähig war, weiterzukämpfen, fielen die anderen Monster schnell. Jetzt, da Omrak und Daniel in der Lage waren, sich um sie zu kümmern, huschte Asin mit dem verbleibenden Skelettpaar, das sie abgelenkt hatte, zurück. Danach saß die Gruppe an ihrem Platz und atmete tief durch, während sie darauf warteten, dass die magische Heilung sie langsam wieder zusammenflickte. Daniel zog eine Grimasse, schaute auf seinen verbleibenden Manapool und ging zu Omrak hinüber, um die offene Wunde in seinem Oberschenkel mit einem kleinen Heilzauber zu flicken. Er würde das *Zeichen des Heilers* noch mindestens ein paar Mal anwenden müssen, um den großen

Mann vollständig zu heilen, was seinen vorhandenen Pool erheblich reduzieren würde. So wie es aussah, hatte er seine Gabe für die schwersten seiner eigenen Wunden verwendet, um Mana zu sparen.

„Schwerter." Asin zeigte auf die beiden Knochenschwerter, die auf dem Boden lagen.

„Omrak, kannst du sie tragen?", fragte Daniel und deutete auf die Waffen. Der Nordländer zog eine Grimasse, ging aber hinüber, hob die beiden auf und testete sie.

„Gute Balance", stellte Omrak fest. Er berührte mit einem Finger die Kanten und zog den Finger mit einem Pfiff weg. „Immer noch scharf."

„Könnte gutes Geld bringen", sagte Daniel und rieb sich das Kinn.

Omrak nickte, während er begann, ein Schwert an sein eigenes zu binden, und entschied sich, das zweite in der Hand zu halten. Asin, die wieder zu Atem gekommen war, hatte die Truhe geöffnet und den Ebenenstein zum Vorschein gebracht. Sie hielt ihn für alle sichtbar in die Höhe, mit einem Grinsen im Gesicht. Das war ein Stein, über den sie sich freuen konnte.

„Besser?", gluckste Daniel leicht und zuckte dann zusammen; seine Rippen waren vom wiederholten Stoßen geprellt. Es war besser, weiterzugehen, bevor sie für den Tag anhielten. Er zog sich auf die Beine und führte die Gruppe in den nächsten Gang, wobei er nach weiteren Skeletten Ausschau hielt. Eine knappe halbe Stunde später weiteten sich Daniels Augen leicht, als er eine Benachrichtigung erhielt, dass der ständige Einsatz seiner Heilfähigkeiten endlich zu einem Upgrade seiner Fähigkeiten geführt hatte. Er brauchte nicht viel Zeit, um die Entscheidung zu treffen.

Kleine Heilung (I) hochgelevelt auf Kleine Heilung (II)

Heilt kleinere Wunden.

Effekt: Heilt   Intelligenz   +
Heilungsfertigkeitsstufe der Wunden

Kosten: 20 Mana

Es war immer noch ein teurer Zauber, aber er heilte jetzt ein Drittel mehr. Es war vergleichbar mit der Menge, die jetzt mit dem *Zeichen des Heilers* geheilt wurde, aber im Gegensatz zu diesem, das über einen gewissen Zeitraum hinweg heilte, war dieser Zauber fast sofort wirksam. Das war der

Grund, warum Daniel sich dafür entschied, diesen Zauber zu verbessern und nicht das *Zeichen des Heilers*. Der eine konnte sie auf langen Streifzügen begleiten, der andere konnte ein Leben retten.

„Daniel", knurrte Omrak und brachte die Aufmerksamkeit des Heilers zurück in die Gegenwart. Daniel starrte nach vorne, seine Aufmerksamkeit war auf die Skelette gerichtet, die auf die Gruppe zustolperten. Sie befanden sich hier auf engem Raum, was bedeutete, dass es für die Monster keine Möglichkeit gab, sie zu flankieren, aber es bedeutete auch, dass ihre ständigen Schreie seine Nerven strapazieren würden. Gut, dass sie nicht an seiner Rüstung vorbeikommen konnten. Daniel nahm seine Position ein und hob seinen Streitkolben an. Er brauchte keine Ausdauer für Spezialangriffe zu verschwenden.

***

Die Gruppe saß in einer größeren Höhle und ruhte sich nach einem langen Tag der Suche aus. Sie hatten kilometerlange unterirdische Gänge zurückgelegt, ihre einzige Lichtquelle war die von Omrak getragene Manalaterne. Nach Kilometern von kartierten Gängen saß das Trio beim gemeinsamen Essen.

„Wie viel noch?", fragte Omrak, während er in sein Sandwich biss.

„Keine Ahnung", sagte Daniel und schaute auf die Minikarte. „Aber ich denke, wir sind nah dran. Vielleicht noch ein paar

Stunden, wenn wir gewillt sind, weiterzumachen.“

„Müde“, knurrte Asin und rieb sich die Waden.

„Es ist gefährlich, ohne Rast weiterzugehen“, sagte Omrak mit vollem Mund. „Wir riskieren, in weitere Hinterhalte zu geraten.“

„Stimmt“, sagte Daniel und runzelte die Stirn, als er seinen eigenen Körper beurteilte. Er hatte weniger als ein Fünftel seines Manas übrig und das musste für den Kampf in Reserve gehalten werden. Müdigkeit durchzog seine Muskeln, seine Augen waren blutunterlaufen und schmerzten vom ständigen Blinzeln. Sie konnten versuchen, sich hier auszuruhen, aber so wie die Skelette umherstreiften, war es unwahrscheinlich, dass es eine erholsame Nacht werden würde.

Das ließ ihnen eine letzte Möglichkeit. Er konzentrierte sich innerlich, zog an seiner Gabe und ließ sie durch seinen Körper strömen. Er fühlte, wie seine Erinnerung, seine Erfahrung, von ihm abglitt, als er die Müdigkeit wegwusch.

Erfrischt ging Daniel hinüber und legte eine Hand auf Omraks Schulter. Eine schnelle Einschätzung ließ ihn blinzeln – er hatte nicht einmal die gebrochene Rippe bemerkt. Dass der Nordländer es geschafft hatte, so lange ohne Beschwerden zu laufen und zu kämpfen, war erstaunlich. Konzentriert flickte Daniel die Rippe und entfernte dann die Müdigkeit aus Omraks Körper, bevor er das Gleiche für Asin tat.

„Alle wieder fit?", fragte Daniel und streckte sich langsam. Die körperliche Erschöpfung war wie weggewischt, aber die geistige Müdigkeit war noch da, wenn auch abgeschwächt. Noch ein paar Stunden. Er könnte das schaffen, sagte sich Daniel.

„Aye. Erneut vielen Dank, Held Daniel", grummelte Omrak, und Asin nickte zustimmend. Gemeinsam stand das Trio auf und schritt vorwärts in die Dunkelheit, ein einzelnes Licht erhellte ihren Weg. Im Getrappel ihrer Schritte fragte sich Daniel, welche neue Erinnerung er verloren hatte.

Kapitel 12

„Ein Labyrinth." Daniel atmete aus und starrte auf das Labyrinth, das sich vor ihnen ausbreitete. Wie er gedacht hatte, hatten sie nur noch ein paar Stunden gebraucht, um den Weg nach unten zu finden. Doch als sie ihre Köpfe aus dem Eingang des Treppenhauses steckten, konnten sie nur den Anfang des Labyrinths sehen, dessen steinerne Gänge sich vor ihnen ausbreiteten.

„Das ist es, was die Crimson Elms damals zurückgehalten hat", erklärte Omrak.

„Labyrinth." Asin ging vorwärts, schnüffelte und beäugte die harmlosen Steinwände. Ihr Fell sträubte sich leicht, und sie hielt inne, bevor sie den nächsten Schritt machte. Sie ging in die Hocke und hielt ihre

Hand über die Lücke zwischen den beiden Steinplatten am Boden.

„Eine Falle", sagte Daniel, bevor sie es tun konnte. Er griff in einen Beutel, zog einen beschwerten Ball heraus und zeigte ihn der Catkin. Asin trat schnell einen Schritt zurück und nickte Daniel zu. Mit einem Unterhandwurf ließ Daniel den Ball auf der Steinplatte landen, die sich daraufhin umdrehte und für eine kurze Sekunde eine Grube freigab.

„Wippenfalle", sagte Omrak, ging nach vorne und stieß die Falle erneut an, damit sie sich drehte.

„Ja", sagte Asin, während sie sich langsam an den Kanten der Falle entlang bewegte, um das nächste Steinstück zu testen. Dieses bewegte sich nicht. „Mehr?"

Daniel runzelte die Stirn und wog mental seine Erschöpfung ab. „Nein. Wir sollten zurückgehen."

„Testen mehr", sagte Asin und bewegte sich langsam vorwärts, während sie stupste. „Umfang."

„Keine gute Idee", sagte Daniel. „Wir sind müde."

„Schneller. Jetzt lernen."

„Daniel hat recht, Heldin Asin. Wir sind alle erschöpft", sagte Omrak.

„Asin …", begann Daniel.

„Nein." Asin drehte sich um und blickte das Duo an. „Mehr Münzen."

„Warum, verdammt noch mal?" Daniel trat nach vorne und ertappte sich dabei, wie er in letzter Sekunde innehielt, als er sich an die Falle erinnerte.

„Brauchen", sagte Asin.

„Das tut Omrak auch. Er hat nicht einmal eine Rüstung und erleidet mehr Schaden als jeder von uns", knurrte Daniel. „Und er sagt, wir sollen zurückgehen."

„Zeigen. Später", brummte Asin schließlich. „Testen jetzt."

Daniel biss die Zähne zusammen und nickte dann schließlich. Na gut. Sie würden das Gebiet eine Weile testen, ein wenig mehr über das Labyrinth erfahren. Aber er wollte eine Antwort.

„Stolperdraht. Pfeile."

„Sturzbühne. Stacheln."

„Minotaurus. Deins."

„Fallstrick."

„Druck. Feuer."

Nach gut anderthalb Stunden hob Daniel die Hände und rief: „Es reicht, Asin."

Asin hielt inne und starrte Daniel an, bevor sie den Beutel an ihrer Seite berührte. Die Minotauren waren nicht besonders zahlreich, aber es schien, je länger sie im Labyrinth blieben, desto schneller kamen sie und verfolgten die Gruppe. Dennoch waren sie mit richtig großen und glänzenden Manasteinen definitiv profitabler. Was die Fallen anging, so hatten sie in letzter Zeit keine neuen gefunden.

„Okay", lenkte Asin ein, ihr Schwanz wedelte nicht mehr, ihr Fell erschlafft.

„Endlich", murmelte Omrak und schüttelte den Kopf, als Daniel die Gruppe zurückführte. Asins Ohren zuckten für einen kurzen Moment, doch dann hielten sie inne. Die Catkin schlich hinter der Gruppe her, während das Trio um die markierten Fallen herumschlich.

„Kommen wir heute Abend zurück?“, fragte Daniel. Im Inneren des Dungeons war es schwer, die Zeit zu bestimmen, aber es musste früher Morgen sein. Wenn sie geschlafen hatten und wieder aufwachen würden, würde es bestenfalls später Nachmittag sein. Zum Glück machte es im Dungeon keinen Unterschied, ob es morgens oder abends war.

„Ja.“ Asin nickte. „Brauche Ausrüstung.“

„Wir nehmen einen Teil der heutigen Einnahmen für die Fallensteller und mehr Seil“, sagte Daniel.

„Omrak. Kaufen?“ Asin neigte ihren Kopf zur Seite und sah zu dem großen Abenteurer auf.

„Das kann ich tun. Ich glaube, ich weiß, was notwendig ist." Omrak nickte zustimmend.

„Gut."

Daniel blinzelte, denn er hatte gedacht, dass er derjenige wäre, der es tun würde. Immerhin war es das, was er normalerweise tat. Er runzelte leicht die Stirn und fragte sich, was es damit auf sich hatte, aber dann zuckte er mit den Schultern, als er über den Stolperdraht sprang. Es war nicht wichtig, nicht wirklich.

Trotzdem wunderte er sich.

***

„Daniel."

Das Klopfen an der Tür weckte Daniel aus seinem Schlaf und ließ ihn aufstöhnen.

Es fühlte sich an, als wäre er gerade erst eingeschlafen, bevor er schon wieder geweckt wurde. Er streckte sich langsam und ging zum Wasserbecken hinüber, um sich das Gesicht abzuspritzen, als ein weiteres eindringliches Klopfen seine Gedanken störte.

„Ich komme", rief Daniel um seinen Waschlappen herum. Er schnappte sich sein Hemd und schüttelte den Kopf, um den Nebel aus seinem Kopf zu entfernen. Körperlich war nur noch ein Rest der Erschöpfung von gestern zu spüren. Geistig jedoch hatte er das Gefühl, er hätte noch einen weiteren Tag im Bett verbringen können.

Als er die Tür aufzog, sah er Asin mit erhobener Faust, um erneut zu klopfen.

„Asin?", sagte Daniel verwirrt.

„Zeigen“, sagte Asin, bevor sie Daniel mit einer Geste aufforderte zu kommen. Auf seine Verwirrung hin zuckte ihr Schwanz, als sie hinzufügte: „Münze.“

„Konnte das nicht warten?“, grummelte Daniel, während er sein Hemd zuknöpfte.

„Nein.“

Daniel presste seine Zähne zusammen, um die Worte, die herauszusprudeln drohten zurückzuhalten, und ging zurück in sein Zimmer, um seinen Streitkolben und den Münzbeutel vom Nachttisch zu holen, bevor er mit Asin die Treppe hinunterging. Er wusste es besser, als die Catkin zu drängen, Dinge zu erklären, bevor sie bereit war.

Während sie gingen, schaute Daniel zu seiner Freundin hinüber und bemerkte, dass ihr Fell immer noch leicht erschlafft und nicht so gepflegt war wie sonst. Sie bewegte sich mit ihrer üblichen Anmut, aber mit einem leichten Hinken in ihren Schritten, das nur jemandem aufgefallen wäre, der so viel Zeit mit der Catkin verbracht hatte wie er. Die Tatsache, dass er sowohl ihr Freund als auch ihr Heiler war, gab Daniel einen einzigartigen Einblick in sein Gruppenmitglied, wie er nun feststellte. Während Daniel ging, notierte er müßig ihre Route und stellte fest, dass er wahrscheinlich wusste, wohin sie gingen.

„Sind wir auf dem Weg zum Metzger?", fragte Daniel und runzelte die Stirn.

„Ja", antwortete Asin, bevor sie verstummte. Sie weigerte sich, weitere Fragen zu beantworten, auch nicht, nachdem sie Daniel den Kadaver eines Schweinepaares aufgebürdet hatte und selbst eine große Tasche trug. Danach bahnte sie sich ihren Weg durch die Straßen in Richtung des Beastkin-Viertels.

„Bin ich nur hier, um Dinge für dich zu tragen?", brummte Daniel, als er hinter der Catkin herschlich und das Fleisch trug.

„Warten."

Das bepackte Paar kam schließlich zu einem ausgedehnten zweistöckigen Gebäude im Beastkin-Viertel. Asin sprang sofort an der Haupttür vorbei und führte ihn zu einer Seitentür, gegen die sie dann trat. Als sie sich öffnete, übergab sie ihre Tasche an den großen Bullkin im Inneren, der sie ergriff und Daniel eine Hand hinhielt. Daniel runzelte die Stirn, bevor er seine eigene Last übergab, der Blick in das Innere zeigte eine große Küche. Der Bullkin schnaubte und knurrte danach Asin an, die zurückjaulte. Die beiden führten eine kurze und laute Diskussion, bevor sich die Tür plötzlich vor ihren Augen schloss.

Als sie fertig war, wandte sich Asin ab und gab Daniel ein Zeichen, ihr zu folgen.

„Ist das alles?“, fragte Daniel und schüttelte den Kopf. „Das ist deine Erklärung? Fleisch zu irgendeinem Gebäude bringen?“

„Ja.“ Asin blieb stehen und zeigte nach hinten. „Schule.“

„Sie versorgen eine Schule?“, sagte Daniel langsam und runzelte die Stirn, als sie nickte. „Ich werde mehr Informationen brauchen als das.“

„Stadt ohne Lohn. Kein Essen. Kinder hungrig. Ich kaufe“, sagte Asin langsam und übertrieben. „Teuer.“

„Wie viele Kinder sind da drin?", fragte Daniel, während er nach seinem Beutel griff; seine eigene Großzügigkeit zerrte an ihm.

Asin zischte ihn an und pirschte sich davon.

„Was?"

„Beastkin", knurrte Asin, zeigte in die Runde und fügte dann hinzu: „Mensch. Keine Hilfe."

„Warum hast du mir das dann gezeigt?", sagte Daniel.

„Darauf bestanden", sagte Asin, als sie sich wieder ihrem Freund zuwandte. „Mein Problem. Ich gebe. Jetzt müde. Abend."

„Asin …", begann Daniel, verstummte dann und sah ihr beim Weggehen hinterher.

Verdammt noch mal, Asin.

Kapitel 13

Labyrinth-Level waren traditionell für die meisten Dungeons und konnten sich, abhängig vom Level des Dungeons, über einige oder Dutzende von Kilometern erstrecken. Doch egal, welche Ebene des Dungeons es war, das Monster, das es bewohnte, war dasselbe – der Minotaurus. Zweibeinige, über zwei Meter große Monster mit Muskeln, die mit denen von Omrak mithalten konnten, und einem Stiergesicht. Je nach Dungeon-Level waren sie ausgerüstet oder nicht. In einem Anfänger-Dungeon wie Karlak waren die Minotauren ungepanzert und schwangen Kupferschwerter und Äxte, die nach ihrer Niederlage verschwanden.

Omrak wirbelte herum und schwang sein Schwert in einer Diagonale von seiner linken unteren Seite zu seiner rechten Schulter in einem Schnitt, der das Kupferschwert des Minotaurus beiseite schlug und seine Brust aufriss. Neben Omrak kämpfte Daniel viel vorsichtiger; er parierte den Schlag des Minotaurus auf seinem Schild und schob ihn zu seiner Linken weg, während er den Arm zerquetschte, als das Monster versuchte, sich zurückzuziehen. Gezwungen, das Schwert fallen zu lassen, wich der Minotaurus zurück und schwang einen Haken, unter den Daniel sich duckte, um seinen Angriff fortzusetzen. Hinter ihnen beobachtete Asin den Kampf, während sie mit ihrem Finger an der Kante eines Wurfmessers entlangfuhr und wartete.

„Danke für die Hilfe", brummte Daniel, als er die Leiche des Minotaurus verschwinden sah.

„Gefährlich. Schlechte Bewegung", erklärte Asin und zuckte dann mit den Schultern. „Keine Hilfe nötig."

„Aye, wir brauchten keine Hilfe", sagte Omrak, hob den Manastein auf und warf ihn zu Asin hinüber, damit sie ihn einstecken konnte. „Nächste Falle?"

„Pfeile. Druck und Stolperdraht", sagte Asin und deutete den Gang hinunter.

„Richtig", sagte Omrak und zog eine Kugel heraus, die er über den Boden rollte. Danach ging er langsam vorwärts, wobei er das Schwert vor sich herschob, um die Stolperdrähte auszulösen.

Daniel folgte ihnen langsam, während er auf die Karte in seinem Kopf starrte. Das

Labyrinth war riesig, und obwohl sie der altehrwürdigen Tradition folgten, sich links zu halten, bedeutete das, dass sie ständig auf Sackgassen stießen. Interessanterweise hatte er das nagende Gefühl, dass in diesem Labyrinth noch etwas anderes nicht stimmte. Es war ein Gefühl, das sich noch nicht herauskristallisiert hatte, weshalb er schwieg – zumindest für den Moment. So oder so, es gab an diesem Abend noch eine Menge zu tun.

***

Ein paar Stunden später hielt die Catkin inne, als sie gerade einen Schritt nach vorne machen wollte. Sie zog ihr Bein zurück und ging in die Hocke, während ihre Ohren zuckten. Im nächsten Moment konnten sowohl Omrak als auch Daniel es hören. Ein knirschendes Geräusch, das langsam an Lautstärke zunahm und sie alle zu umgeben schien.

„Was ist das?", knurrte Omrak, die Hände verkrampft um sein Schwert gelegt.

„Die Wände bewegen sich", sagte Daniel und sah sich um. „Das Labyrinth richtet sich neu aus."

„Mitternacht", vermutete Asin.

„Ja, wahrscheinlich. Das ist also der Grund, warum die Elms festsitzen", sagte Daniel und seufzte. Zwischen den Fallen und dem sich verschiebenden Labyrinth hatte jede Gruppe nur einen einzigen Tag, um es zu versuchen.

„Problem. Raus", sagte Asin und deutete den Weg zurück, den sie gekommen waren.

Daniel runzelte die Stirn, bevor er begriff, was sie sagte. Wenn sich der Rückweg geändert hatte, waren sie jetzt in der Mitte des Labyrinths verloren, ohne einen Ausweg. Oder hindurch. Zwar hatte die Gruppe offensichtlich genug Essen für ein paar Tage dabei, aber die Möglichkeit, so lange im Labyrinth festzusitzen, ließ Daniel erschaudern. Es war der schlimmste Albtraum eines Bergmanns.

Sowohl Asin als auch Omrak schwiegen, als sie darüber nachdachten, dass sie nun keine andere Wahl hatten, als einen Ausweg zu finden.

Als das Knirschen und Rumpeln langsam zu Ende ging, zog Daniel seine Tasche hoch, schaute seine Freunde an und sagte: „Lasst uns gehen.“

Asin nickte, trat nach vorne und begann, den Boden vor ihnen nach Fallen abzusuchen. Omrak folgte hinter ihnen und hielt ebenfalls Ausschau nach Fallen und Monstern.

***

Ohne dass es zu Angriffen kam, schaute sich das Trio eine Stunde später gegenseitig an. Es war möglich, dass sich die Monster während der Transformation zurückgezogen hatten und erst jetzt in den restlichen Dungeons vordrangen. Die andere, beunruhigendere Möglichkeit war, dass sie tatsächlich abgeschnitten waren, da ihr spezieller Standort innerhalb des Dungeons ein komplett geschlossener Weg war. Es war ein Gedanke, den keiner des

Trios mit seinen Freunden teilen wollte, da es nichts gab, was sie dagegen tun konnten. Dennoch ließ die Angst vor der Möglichkeit, auch nur für einen Tag gefangen zu sein, das Trio etwas schneller gehen, als sie es hätten tun sollen.

Asin trat vorwärts, legte ihr Bein gegen die Steinplatte und kippte dann nach vorne, als die Platte unter ihrem Gewicht aufging. Nach vorne geschleudert, warf sie ihre Hände nach hinten in einem vergeblichen Versuch, ihren Sturz zu stoppen. Nur ein verzweifelter Griff von Omrak nach ihrem Mantel stoppte ihren Sturz, bevor er sie in Sicherheit brachte.

Asin jaulte verzweifelt und rieb sich die Kehle, die durch die grobe Behandlung geprellt war. Trotzdem nickte sie Omrak ihren Dank zu. Der hünenhafte Nordländer bemerkte das nicht, er hatte sich übergebeugt und starrte auf die Steinplatte, während er sie mit seinem Schwert aufkeilte. Überraschenderweise war die Falle nicht mit einer simplen Falltür ausgestattet – die Kanten waren mit Stacheln besetzt, die jeden unglücklichen Abenteurer verletzen würden. Glücklicherweise war es kein tiefer Sturz, nur etwas weniger als zwei Meter. Nicht tödlich, aber schmerzhaft.

„Bist du okay?", fragte Daniel.

Asin nickte leicht, während sie versuchte, ihre Atmung zu kontrollieren und ihren Herzschlag zu beruhigen. Schließlich stand sie auf und ging um den Rand der Falle herum, bereit den nächsten Abschnitt zu testen. Leider hatte der Dungeon kein leicht erkennbares Muster von Fallen pro

Korridor, was bedeutete, dass jeder Abschnitt sorgfältig geprüft werden musste.

„Wir können eine Pause machen, wenn du willst?", rief Daniel ihr hinterher, als er den Rucksack wieder aufzog.

Anstatt ihm direkt zu antworten, bewegte sich Asin einfach langsam weiter vorwärts.

Es war eine Erleichterung, als sie schließlich auf eine Gruppe von Minotauren trafen. Die Minotaurengruppe war gerade um die Ecke gebogen und brüllte, als sie das Trio entdeckte, bevor sie angriff. Der führende Minotaurus stolperte leicht, als er mit seinem Huf einen Stolperdraht erwischte, richtete sich aber bald darauf wieder auf und setzte den Angriff fort. Daniel knurrte über die Ungerechtigkeit des Ganzen, als die Falle nicht ausgelöst wurde. Asin war an der Front und stand schnell auf, zückte und warf ihr Messer und aktivierte gleichzeitig ihr Skill *Messerfächer*. Die Messer duplizierten sich immer wieder und versanken im Körper des Monsters.

Verletzt rannte der Minotaurus als Nächstes in Omrak und sein Schwert. Mit über den Kopf erhobenem Schwert trat Omrak plötzlich nach vorne und schwang das Schwert hinunter, wodurch sein Schädel zwischen den Hörnern aufgespalten wurde. Daniel schaffte es schließlich, seine Armbrust zu laden, und der gerade ausgelöste Bolzen erwischte einen Minotaurus direkt über seiner Hüfte und wirbelte ihn durch die Wucht des Aufpralls herum. Seine Armbrust war leer, Daniel ließ die Waffe fallen und rannte nach vorne, um das verbleibende halbe Dutzend mit Keule und Schild zu treffen.

Asin bedrängte die Monster weiterhin mit ihren Messern und tanzte bei jedem Angriff zur Seite. Ein geworfenes Messer wirbelte durch die Luft, Funken von Elektrizität tanzten, als es im Bizeps eines Minotaurus stecken blieb und dessen Angriff auf Omrak in die falsche Richtung zwang. Daniel verwendete *Schildschlag* bei einem eingehenden Angriff, und der kraftvolle Block riss das Schwert aus der Hand eines Monsters, bevor Daniel mit seiner Serie von Angriffen begann.

Ein paar Minuten später blieb das Trio keuchend inmitten der leuchtend blauen Lichtfunken zurück, als sich die Leichen auflösten. Erholt ging Daniel zu Omrak hinüber, um das *Zeichen des Heilers* anzuwenden und seine Rippen dort zu verarzten, wo sich ein Schnitt aufgetan hatte.

Es ergab keinen Sinn, ihn zu nähen; der Zauber würde den Schaden früh genug beheben. Oder, wie Daniel seinen Freund ansah, vielleicht die zweite Anwendung des Zaubers.

Asin humpelte herüber und stupste Daniel an, wobei sie nacheinander auf die Schnitte an ihrem Oberschenkel und Oberarm deutete. Am Ende war sie gezwungen gewesen, in den Nahkampf einzutreten, um sicherzustellen, dass ein verletzter Minotaurus die beiden nicht flankierte. Unglücklicherweise hatte der enorme Größen- und Kraftunterschied die Catkin in einen ernsthaften Nachteil gebracht.

Dennoch hatte der Kampf, trotz aller Verletzungen, die Stimmung der Gruppe verbessert. Um ihr Leben zu kämpfen, war eine Gefahr, an die das Trio gewöhnt war. Langsam zu verhungern, gefangen unter der Erde, war nichts für Asin und Omrak. Und für Daniel war es eine Gefahr, von der er geglaubt hatte, sie hinter sich gelassen zu haben. Leicht grinsend sammelte das Trio die Manasteine ein und zog weiter.

***

Die gute Nachricht, dachte Daniel, war, dass sie definitiv nicht in einem Teil des Labyrinths durch die Verschiebung der Wände gefangen waren. Wenn sie gefangen waren, war der Teil zumindest riesig. Die schlechte Nachricht war, dass die Gruppe auch nach vier Stunden noch keinen Ausweg gefunden hatte. Da jeder Korridor gleich war, gab es keine wirkliche Möglichkeit zu sagen, ob der Ausgang um die nächste Ecke oder in hundert Ecken von ihrem Standpunkt aus lag.

Inzwischen war der Nervenkitzel des ersten Kampfes verflogen, und auch die nachfolgenden Kämpfe hatten nichts von der Aufregung zurückgebracht. Jetzt war es nur noch eine langsame Plage, bei der man nach Fallen Ausschau hielt, durch blau gefärbte Korridore lief und gelegentlich hektische Kämpfe austrug.

Ein mürrisches Schweigen war über die Gruppe hereingebrochen, während sie sich auf ihre jeweiligen Aufgaben konzentrierten. Daniel suchte vor und hinter ihnen nach Schwierigkeiten, während Asin nach Fallen suchte und Omrak sie beobachtete und die Fallen, die sie fanden, markierte. Gelegentliches Grunzen und geflüsterte

Worte der Warnung waren die einzigen Geräusche, die von der Gruppe ausgingen, während sie sich durch das Labyrinth schleppten.

Schließlich war es Omrak, der das Schweigen brach. „Ist das der gleiche Gang? Schon wieder?"

„Ja", sagte Daniel und deutete auf den dritten von vier Durchgängen, die sich von hier aus teilten.

„Sind wir gerade im Kreis gelaufen?", knurrte Omrak, die Hände fest um sein Schwert geklammert.

„Ja", antwortete Daniel erneut, während Asin nach vorne schlich und an einem verdächtigen Stein herumstocherte. Ein Zischen und ein Pfeil flog aus der Seite heraus und traf den Stein an der gegenüberliegenden Wand. Die Catkin blinzelte nicht einmal, sondern wich nach links aus, um den nächsten Stein zu testen.

„Bist du dir sicher mit deiner Karte?", fragte Omrak und beugte sich nach vorne.

„Ja", antwortete Daniel wieder.

„Hör auf. Du kannst in ganzen Sätzen sprechen", schnauzte Omrak und stampfte mit dem Fuß auf.

„Warum?" Daniel hielt inne und fügte dann hinzu: „Es gibt nichts Weiteres zu sagen. Wir müssen einfach weitergehen."

„Für wie lange? Wir sind jetzt schon seit Stunden hier unten. Wir können nicht einmal sagen, wie lange", sagte Omrak und winkte mit der Hand in die geschlossenen Gänge. „Es müssten mindestens sieben, acht Stunden sein."

„Ja“, sagte Daniel und streckte sich. „Willst du eine Pause machen? Wir haben wahrscheinlich den Rest des Tages Zeit.“

„Eine Pause, pha. Ich will nur raus!“, knurrte Omrak. „Ich will aufhören, im Kreis herumzulaufen. Ich will wissen, dass wir tatsächlich vorankommen.“

Asin huschte zur Seite, eine Hand berührte die Spitze eines Wurfmessers, während sich ihre Augen auf den wütenden Riesen verengten. Daniel starrte Omrak an, öffnete den Mund und schloss ihn dann wieder, bevor er es schließlich erneut versuchte. „Ich kann nicht garantieren, dass wir hier rauskommen. Aber wir kommen voran. Langsam.“

„Wir haben nur deine Karte“, sagte Omrak und knirschte mit den Zähnen. „Was ist, wenn du stirbst. Was ist, wenn du verletzt wirst oder wir getrennt werden? Was passiert dann mit uns?"

Daniel wollte direkt antworten und hielt dann inne, um tatsächlich über Omraks Worte nachzudenken. Schließlich sagte er: „Du hast recht. Wir machen eine Pause und ich zeichne eine Karte für uns."

Omrak nickte schließlich beschwichtigend und ließ sich auf den Boden fallen, bevor er nach seinem Rucksack griff, um etwas zu essen zu finden. Asin nahm ebenfalls Platz und griff nach ihrem Wasserschlauch, um daran zu nippen. Es war besser, langsam zu trinken – sich in einem Dungeon zu erholen war nie angenehm. Daniel rieb sich die Schläfe, während er ein Stück Pergament und etwas Kohle hervorholte, um die Karte zu skizzieren, die er in seinem Kopf sah. Ein

Teil von ihm, ein tiefer Teil von ihm, ärgerte sich darüber, das tun zu müssen. Doch Daniel unterdrückte die Gefühle, während er an dem Papier arbeitete. Omrak hatte recht. Sie wollten sich auf keinen Fall verlaufen – selbst, wenn sie sich an die alte Regel hielten, den Wänden zu folgen, war das keine Garantie, dass sie den Ausgang auf diese Weise finden würden.

Es war besser, die Karte zu skizzieren, zu wissen, wohin sie gingen, und wenn sie sich schließlich dort wiederfanden, wo sie begonnen hatten, würden sie zumindest eine Karte haben, auf die sie sich berufen konnten. So wie es aussah, hatten sie bereits zwei verschiedene Inseln untersucht, auf die Chance hin, dass die Treppen nach unten sich dort befanden.

Daniel begann schnell zu verstehen, warum mehrwöchige Ausflüge in Dungeon-Ebenen eine Sache waren. Es war schwer gewesen, die Komplexität des Erforschens von Dungeons zu begreifen, aber im Labyrinth gefangen zu sein – auch wenn es nur für ein paar Stunden war –, war definitiv eine lehrreiche Erfahrung. Fünfundzwanzig Minuten später hatte Daniel das Pergament fertig und reichte es Omrak.

„Behalte es. Füge Markierungen hinzu, wenn wir weitergehen", fügte Daniel hinzu, und Omrak nickte grimmig. Der große Nordländer öffnete den Mund, um noch etwas zu sagen, schloss ihn dann jedoch und schüttelte den Kopf.

***

Das widerhallende Gebrüll ließ das Trio erneut in seinen Schritten wanken, bevor sie sich gegenseitig ansahen. Asin knurrte leicht, bewegte sich aber wieder vorwärts zur nächsten Reihe von Pflastersteinen. Dieses Brüllen, lauter und fordernder denn je, hallte seit einer halben Stunde durch die Gänge und kam langsam immer näher. Langsam war allerdings das richtige Wort.

„Näher. Viel näher", murmelte Omrak und schob die Karte zurück in seine Tasche.

Daniel nickte und steckte seinen Streitkolben zurück in die Schlaufe an seinem Gürtel, bevor er seine Armbrust aufhob. Er kurbelte die Armbrust zurück und schob einen Bolzen hinein, jetzt, da er wusste, dass sie wahrscheinlich bald auf den Schreihals treffen würden. Dann würden sie vielleicht herausfinden, wer es war, obwohl Daniel schon einen Verdacht hatte.

Asin hatte fast den gesamten Korridor durchgecheckt, bevor sie innehielt und die Luft schnupperte. Sie winkte die Gruppe zurück, während sie weitere Messer zog. Es dauerte nicht lange, bis die anderen beiden hörten, was Asin bereits gerochen hatte – es kam Gesellschaft.

Drei Minotauren und ein Minotauren-Champion kamen um die Ecke, die Waffen in den Händen haltend. Als Gruppe stürmten die Minotauren nach vorne, während der Champion, der zwanzig Zentimeter größer und fast genauso breit war, nach vorne stürmte und dabei einen nur allzu bekannten Schrei ausstieß. Daniel zischte, seine Armbrust erhoben, und feuerte, während die Wurfäxte und

Wurfmesser ihre Angreifer in die Brust trafen. Daniels Kinnlade fiel herunter, als er beobachtete, wie der Champion einen seiner Landsleute in die Bahn seines Bolzens zog, bevor er ihn losließ und den verletzten Minotaurus zurück auf die Füße taumeln ließ, wobei er sich den Arm umklammerte.

Omrak stürmte voran, um sein Schwert aufzuheben und es diagonal zu halten, bevor er angriff. Als er sich näherte, schwang er es, und ein glühendes gelbes Licht schimmerte über die Klinge. Ein hastiger Block seines Ziels konnte den unaufhaltsamen Schnitt nicht aufhalten: Die Klinge des Minotaurus zersplitterte, als sie mit Omraks glühender Waffe zusammentraf. Einen Moment später wurde auch der Körper des Minotaurus in zwei Hälften geteilt.

Asin fluchte, da der Minotaurus-Champion einem zweiten *Durchbohrenden Schuss* auswich, als er auf sie zustürmte. Er wurde nur von Daniel aufgehalten, der nach vorne stürzte und einen *Schildschlag* auslöste. Der Champion drehte sich in letzter Sekunde, bekam den Schlag an der Schulter ab und taumelte nach hinten. Mit ein wenig Platz machte Daniel einen schnellen Schritt nach rechts und schlug mit *Perins Schlag* auf einen anderen Minotaurus ein, der gegen die Wand krachte.

Omrak grunzte seinen Dank, während er schnell einem Schlag seines Gegners auswich, um das Bein des Minotaurus anzugreifen. Der Minotaurus knurrte, als seine Muskeln nachgaben, während Omrak seinen Angriff verdoppelte. Hinter ihm warf Asin ihre Messer auf den von Daniel verletzten Minotaurus, um ihn davon abzuhalten, wieder in den Kampf einzusteigen.

Daniel drehte sich zurück, um den Champion zu treffen, und fing einen Abwärtshieb auf seinem Schild ab. Der Angriff zwang ihn auf die Knie; der Schlag war so hart, dass sein ganzer Arm nach hinten klappte und ihn am Kopf traf. Noch bevor er aufstehen konnte, schlug der Minotaurus-Champion erneut mit seinem Schwert zu, was Daniel dazu zwang, auf den Knien zu bleiben und seinen Schildarm mit der anderen Hand zu verstärken.

Asin erkannte die Schwierigkeiten, in denen Daniel steckte, und schleuderte einen *Messerfächer* auf den Champion, wobei sich die Messer in seinen Körper bohrten. Der Angriff verschaffte Daniel einen Moment, um nach hinten zu krabbeln. Als er wieder auf den Beinen war, versuchte Daniel, seinen Schildarm zu heben, und scheiterte, da die ständigen Schläge ihn ausgekugelt hatten und seine Versuche, sich zu bewegen, neue Schmerzen durch seinen Körper schießen ließen. Der Champion, der sich von Asins Angriff erholt hatte, senkte seinen Kopf und stürmte auf Daniel zu. Daniel duckte sich zur Seite, wich dem Angriff größtenteils aus und traf das Monster, als es vorbeirannte.

Der Champion drehte sich schnell um und stellte sich Daniel in den Weg, direkt in Asins Messerwurfbahn, die von seiner Rückenplatte abprallten. Daniel blinzelte, aufgeschreckt durch das Geräusch und den Aufprall; ein Moment der Ablenkung, der den Champion brüllen und sein Schwert nach vorne schwingen ließ, wobei der Schlag an Daniels linkem Schulterblatt hängen blieb. Er stöhnte auf, der Aufprall verletzte seinen Körper erneut.

Asin wich knurrend zurück, um sich mehr Platz für ihre Messer zu verschaffen. Sie schickte sie mit einem Überhandwurf, wobei die Messer in einem Bogen über Daniels Kopf hinwegflogen und den Champion trafen, der daraufhin hin und her wankte. Als Daniel sah, dass das Monster abgelenkt war, stürzte er sich in die Tiefe und löste *Perins Schlag* gegen das Knie des Monsters aus, wobei er spürte, wie es knackte, als das Knie nachgab. Daniel stand schnell auf und löste dann ein paar Schläge aus, um das Monster zu erledigen, während Asin ein paar elektrifizierte Messer in dessen Körper versenkte. Verkrüppelt tat der

Champion sein Bestes, um die Angriffe abzuwehren, brach aber schließlich zusammen und ließ Daniel keuchend vor Erschöpfung zurück.

Omrak, der seine eigenen Gegner erledigt hatte, starrte kopfschüttelnd auf die Monster und den zerschundenen Daniel hinunter.

„Ein toller Gegner", grummelte Omrak.

„Argh", stöhnte Daniel und lehnte sich gegen eine Wand, während er sich selbst heilte.

„Gut, wenigstens bin ich diesmal nicht derjenige, der verletzt wurde", sagte Omrak und grinste. Er runzelte plötzlich die Stirn und drehte sich zur Seite, als Lichter auf dem Boden zu tanzen begannen. „Was ist das?"

Die beiden schüttelten nur den Kopf, starrten auf die Lichter und griffen nach ihren Waffen. Sie entspannten sich erst, als die Lichter aufhörten zu leuchten und eine vertraute Schatztruhe zum Vorschein kam.

Asin grinste und hüpfte hinüber, um sie zu öffnen, während Daniel zurücksank und spürte, wie die ausgekugelte Schulter langsam wieder an ihren Platz zurückfand.

Selbst nachdem er geheilt war, mussten sie noch einen Ausweg finden.

Kapitel 14

Nach Daniels Schätzung war es wahrscheinlich eine Stunde nach Mittag. Es war natürlich schwer zu sagen ohne die Sonne, aber da er früher ein Bergmann war, hatte Daniel eine gewisse Fähigkeit erlangt, solche Dinge zu erraten. Die Gruppe hatte schließlich beschlossen, dass es das Beste war, sich für ein paar Stunden auszuruhen, nachdem Asin von einer übersehenen Falle ins Bein aufgespießt worden war. Nachdem sie geheilt war, hatte Daniel kein Mana mehr, und weitere Erkundungsversuche der erschöpften Gruppe wurden auf später verschoben.

Um ihre Sicherheit zu gewährleisten, war die Gruppe zu einem einzelnen, relativ fallenfreien Korridor zurückgekehrt und hatte in dessen Mitte ihr Lager aufgeschlagen. Nach einer eiligen Besprechung legten sich sowohl Asin als auch Omrak schlafen, während Daniel sich mit seiner Gabe erfrischte. Er würde in ein paar Stunden selbst ein Nickerchen machen, um seinen Geist zu erholen, aber seine Gabe ließ ihn die Strapazen des Dungeons besser überstehen. Wenn er sich jetzt nur daran erinnern könnte, was es war, das er verloren hatte, als er seine Gabe aktiviert hatte. Irgendwie wusste Daniel, dass die Erinnerung wichtig war.

Kopfschüttelnd kaute Daniel auf dem Dörrfleisch herum, während er beide Seiten beobachtete. Seine Armbrust lag neben ihm, geladen und einsatzbereit. Allein mit seinen Gedanken und dem eindringlichen Schnarchen der Catkin konnte Daniel nur

Wache sitzen und versuchen, nicht einzuschlafen.

Das war ihr erster echter Test als Gruppe mit Omrak, und bis jetzt hatte Daniel das Gefühl, dass die Dinge gut liefen. Mehr oder weniger. Alle waren aus der Puste, und der einst gesprächige Nordländer war langsam immer mürrischer geworden. Das war sogar hilfreich, denn Daniel wusste, dass Asin das ständige Geplapper als lästig empfand, weshalb Omraks Schweigen ihr half, nicht die Beherrschung zu verlieren. Der einzige Nachteil war, dass Omraks Temperament etwas sprunghafter war, aber es könnte schlimmer sein.

Mit halb geschlossenen Augen blinzelte Daniel, als er das Klirren und Scharren von Bewegungen hörte. Er griff nach seiner Armbrust und wartete darauf, dass sich das

Geräusch von selbst auflöste. Schließlich verklang es, und Daniel lehnte sich zurück und ruhte sich noch einmal aus. Es würden ein paar lange Stunden werden.

***

„Mmmmpphfff …", stöhnte Daniel und rollte sich auf die Füße. Er hatte gerade mal eine halbe Stunde Ruhe gehabt, und sein Kopf fühlte sich schlimmer an als zuvor, als wäre er gefüllt mit Wolle und Schotter. Trotzdem durften sie keine Zeit mehr verschwenden. Sie mussten diese Ebene abschließen, bevor sie zurückgesetzt wurde.

„Kaffee?" Omrak bot Daniel die Tasse an, als er aufstand.

„Danke." Daniel nippte an der Tasse, dann blinzelte er und starrte die warme

Tasse an. Er runzelte die Stirn, schaute sich um und sah kein Feuer. „Wie …?“

„Nordisches Geheimnis“, sagte Omrak und grinste breit. „Trink aus. Wir sollten loslegen.“

Daniel starrte verwundert darüber, wie fröhlich Omrak war, schwieg aber und beschloss, einfach zu trinken und den unerwarteten Luxus zu genießen. In wenigen Augenblicken war die Gruppe fertig für die Abreise und auf dem Weg zurück dorthin, wo sie zuletzt aufgehört hatten – auf der Suche nach dem Weg nach unten oder dem Ausgang.

Eine Stunde später zuckten Asins Ohren. Sie hielt eine Hand hoch und forderte die Gruppe auf, stehenzubleiben, während sie den Stimmen lauschte. Stirnrunzelnd tippte sie sich an die Ohren und wartete dann darauf, dass die bedauernswerten Menschen auch endlich hörten, was sie hörte.

Als sie sahen, dass die Catkin nicht beunruhigt schien, warteten die beiden geduldig. Schon bald konnten sie die sich unterhaltenden Stimmen ausmachen, bevor die Crimson Elms aus einem Seitenkorridor herauskamen. Angeführt wurde die Gruppe von dem kleinen, ruhigen Mann von vorhin, und direkt hinter ihm, den Stab in der Hand, stand der Magier. Sein Stab glühte rot und da, wo das Licht hinfiel, leuchteten versteckte Fallen auf.

„Schummeln", murmelte Asin, und Daniel konnte nur nicken. Trotzdem merkten sich die beiden schnell, wo die Fallen in diesem Korridor waren. Kein Grund, den unerwarteten Bonus nicht zu nutzen.

„Na, sieh mal an, wer da ist. Wir haben gehört, dass ihr vielleicht hier unten seid", sagte Amrah, ihre Augen tanzten verächtlich über das Trio.

„Helden", begrüßte Omrak sie mit einem Lächeln und steckte abwesend die Karte weg. „Seid ihr gerade eingetreten?"

„Natürlich nicht", sagte Amrah schnaubend und ließ dann ihren Blick über die zerzauste Gruppe schweifen. „Von der Verwandlung erwischt worden?"

„Ja", sagte Daniel und trat einen Schritt nach vorne, während er die andere Gruppe musterte. „Seid ihr auf dem Weg nach drinnen?"

„Natürlich." Amrah grinste. Der größere Kämpfer sagte nichts und beobachtete nur die Gruppe, während der Magier ungeduldig mit seinem Stab auf den Boden klopfte.

„Amrah, wir sollten weitergehen", sagte Harald. Amrah blickte wieder auf den Stab, nickte und ging an der Gruppe vorbei.

Daniel jedoch trat leicht zur Seite und versperrte ihnen den Weg, als er sich räusperte: „Wir hatten eigentlich gehofft, ihr könntet uns eure Karte zeigen. Es würde uns helfen, hier rauszukommen."

Amrah runzelte die Stirn und blickte dann zu Harald, der den Kopf schüttelte. Daniel zog eine Grimasse und trat unaufgefordert zur Seite. Die Crimson Elms bewegten sich direkt an der Gruppe vorbei, traten zwischen die Abenteurer und, im Falle des kleineren Kämpfers, streiften Omrak, als dieser vorbeiging. Die Gruppe schwieg und sah ihnen beim Gehen zu, bevor sie den Korridor hinunterging, vorbei an den Fallen, auf die sie hingewiesen worden waren.

„Das ist der Weg nach draußen …", sagte Daniel und deutete auf den Weg, aus dem die Elms gekommen waren.

„Eventuell", sagte Omrak und rieb sich das Kinn. „Wahrscheinlich."

„Auf jeden Fall. Allerdings würde es eine Weile dauern, um dorthin zu gelangen", fügte Daniel hinzu.

„Nein. Weitergehen", sagte Asin und deutete den Korridor hinunter.

„Wir sind schon eine Weile hier drin", sagte Daniel, als er die müde Gruppe musterte.

„Nein. Weitergehen", sagte Asin erneut und schüttelte den Kopf. Als Daniel anfing, mürrisch zu schauen, zeigte sie den Weg hinunter, den sie gekommen waren und den die Elms weitergegangen waren.

„Schlecht. Wahrscheinlich." Da sie vom Inneren des Dungeons aus gestartet waren, gab es keine Garantie, dass der Weg, den sie nicht gegangen waren, nicht auch der Weg nach draußen war.

„Schlecht." Sie zeigte wieder in die Richtung, aus der die Elms gekommen waren.

„Gut." Asin zeigte darauf.

„Heldin Asin hat recht", sagte Omrak. „Es wäre falsch, wenn wir jetzt aufgeben würden. Die Elms haben das Gebiet, das wir durchsuchen müssen, tatsächlich verkleinert."

„Wir gehen davon aus, dass sie ihre Arbeit richtig gemacht haben", murmelte

Daniel. Asin nickte und zeigte dann wieder den Korridor hinunter.

„Abgestimmt."

„Schön", brummte Daniel und schüttelte den Kopf. Es schien, als ginge es um Leben oder Tod. Gut, vorzugsweise nicht der Tod.

Es dauerte keine fünf Minuten, bis sie die nächste Kurve erreichten. Omrak griff in seine Tasche und hielt dann inne, tastete den Lederbeutel ab. Er runzelte die Stirn, suchte noch einmal, dann zog er ihn von seinem Gürtel, um ihn umzudrehen.

„Stimmt etwas nicht?", fragte Daniel, selbst als Asin den nächsten Korridor auf der rechten Seite bearbeitete.

„Die Karte. Sie ist weg", sagte Omrak.

„Hast du sie fallen lassen?"

„Nein. Ich habe sie in meinen Beutel gesteckt", sagte Omrak langsam. „Ich habe im Korridor auf der rechten Seite gezeichnet. Kurz bevor die Elms ankamen."

„Die Elms …" Daniel runzelte die Stirn, seine Augen weiteten sich. Der kleinere Kämpfer hatte Omrak angerempelt. „Das haben sie doch nicht getan, oder?"

„Ich glaube, die Elms sind weniger als heldenhaft", sagte Omrak und knurrte leise. „Ich glaube nicht, dass ich sie fallen gelassen habe."

„Sollen wir …?", murmelte Daniel und starrte nach hinten. Wenn sie die Karte hätten, könnten sie bis zum Ende springen, wo die Gruppe mit der Erkundung begonnen hatte. Daniel starrte auf die Karte in seinem Kopf und schätzte im Geiste die Entfernungen ab. Nach ein paar Minuten fluchte er leise. Angenommen, sie würden keinen Minotauren begegnen, könnten die

Elms das Ende der Karte in zwei oder drei Stunden erreichen, wenn sie geradeaus gingen. Wenn sie sich dazu entschließen würden, müssten sie nur die entgegengesetzte Richtung überprüfen, die das Team nicht erkunden wollte.

„Verdammt noch mal", fluchte Daniel leise. Das würde ihnen einen riesigen Vorsprung verschaffen. Natürlich war die Frage, ob die Treppe in dieser Richtung lag. Oder die Elms könnten warten und zurückgehen und hinter Daniel und seinem Team hergehen und diesen Teil des Labyrinths mit der gleichen Annahme absuchen, mit der Daniel und sein Team die Route der Elms übersprungen hatten.

„Falle", rief Asin.

„Asin, hast du das gehört …?", sagte Daniel.

„Ja. Falle", wiederholte Asin und zeigte nach unten, bevor er über die Falle trat, um den nächsten Stein zu untersuchen.

Omrak starrte die Catkin an und öffnete dann seinen Mund, bevor er ihn wieder schloss. Seine Lippen verzogen sich, als er dorthin zurückstarrte, wo die Elms weggegangen waren, bevor er sich an Daniel wandte und den Mund öffnete. Daniel hingegen schüttelte den Kopf und schnitt Omrak das Wort ab. Der Nordländer knurrte, verstummte aber, als er merkte, dass er überstimmt war.

Verdammt noch mal. Aber Asin hatte recht – die Gruppe zu konfrontieren, würde nichts bringen. Sie sollten sich lieber auf das konzentrieren, was sie tun mussten.

***

Blut lief seinen Arm hinunter und Omrak brüllte, als er den Minotaurus angriff, der ihn getroffen hatte. Er fiel zusammen, kletterte am Körper des Monsters hoch und hielt seinen Arm fest, während er begann, einen Schlag nach dem anderen in seinem Gesicht zu platzieren, wobei die Knöchel Haut und Fell zerrissen. Hinter ihm wich Asin einem Schlag aus und stach erneut mit ihren Messern zu, wobei sie die Sehnen im Ellbogen des Minotaurus durchtrennte, bevor sie sich nach vorne stürzte und die Wunde noch weiter öffnete. Daniel war zusammengekauert unter seinem Schild und kämpfte vorsichtiger gegen seinen eigenen Gegner und tauschte Schläge aus.

Wenige Minuten später stand das Trio siegessicher da und starrte die Treppe hinunter. Sie hatten sie gefunden, endlich. Nicht, ohne auf die letzte Gruppe von Monstern zu stoßen.

„Bereit?", fragte Daniel. Omrak nickte, aber Asin starrte nur ins Leere und knurrte leise vor sich hin, während ihr Schwanz träge wackelte.

„Asin?"

„Beschäftigt", zischte Asin, bevor sie weiter ins Leere starrte.

„Ich glaube, sie ist ein Level aufgestiegen", vermutete Omrak, und Daniel nickte in verspäteter Zustimmung. Gut, sie konnten warten. Die beiden gingen zur Seite, um sich zu setzen, während sie darauf warteten, dass Asin fertig war. Müßig zog Omrak sein Schwert heraus und begann es zu reinigen, und nach einem Moment folgte Daniel seinem Beispiel, um seine eigene Ausrüstung zu pflegen.

„Mir ist aufgefallen, dass du eine neue Fähigkeit hast", sagte Daniel, um die Stille zu füllen.

„Ja, ich habe sie in der letzten Ebene bekommen", sagte Omrak. „Die Reißzähne von Zemur."

„Du benutzt sie nicht oft."

„Es erfordert erhebliche Mengen an Ausdauer. Mein Vater sagte immer, man solle solche Fähigkeiten sparsam einsetzen."

„Ah …" Daniel verstummte. „Dein Vater war ein Abenteurer?"

„Nein. Ein Bauer."

„Oh …"

„Im Norden wird allen beigebracht, zu kämpfen. Wir sind nicht gerade zahlreich vertreten und so müssen alle in die

Dungeons, um die Monster zu bändigen. Mein Vater hat sich in viele gewagt, bevor er seinen Namen erhielt und das Land von seinem Vater erbte."

„Ich habe meinen nie wirklich gekannt", sagte Daniel und fühlte bei diesem Gedanken einen vertrauten Schmerz in seiner Brust.

„Mein Beileid."

„Es ist in Ordnung", sagte Daniel, bevor er verstummte. Omrak, der Daniels Stimmung spürte, konzentrierte sich auf die Pflege seiner Klinge. Nach einiger Zeit nickte Asin schließlich zu sich selbst. Die beiden standen auf und gingen zu ihr.

„Was hast du bekommen?", fragte Daniel neugierig.

„Schlangenzahn", sagte Asin. „Gift."

„Oh …“ Daniel runzelte die Stirn. Er war sich nicht ganz sicher, ob ihm diese Antwort gefiel. Gift konnte hilfreich sein, aber wenn einer von ihnen dadurch verletzt wurde, konnte es die Dinge erschweren. Er hatte sicherlich keinen Zauber, um Gift zu heilen. Dennoch konnte er damit eine von Asins größten Schwächen ausgleichen, nämlich ihre Unfähigkeit, nennenswerten Schaden anzurichten. Zumindest dachte er das.

„Also, sind wir startklar?“, fragte Daniel, und nachdem er das bestätigende Nicken erhalten hatte, trottete das Trio die Treppe hinunter. Endlich würden sie in der Lage sein, diese Ebene und den Dungeon zu verlassen. Und das Beste daran: Sie waren wieder in Führung.

Kapitel 15

„Höchstens noch drei Ebenen", sagte Khy'ra und lächelte ihren Freund sanft an. Er lag faul auf dem Bett und hielt ihre Hand, während sie sich neben ihn setzte.

„Das stimmt", sagte Daniel.

„Weißt du schon, was du machen wirst, wenn du fertig bist? Es gibt noch eine Menge Fortgeschrittenen-Dungeons und auch ein paar Anfänger-Dungeons in der Nähe."

„Hmm … Ich habe mir gedacht, dass Peel gut zum Beenden sein könnte. Es sollte nicht zu schwer sein, und wir kennen uns bereits aus", sagte Daniel. „Ich habe weder mit Asin noch mit Omrak über ihre Pläne gesprochen."

„Es ist immer gut, seine Gruppenmitglieder zu fragen", gluckste Khy'ra.

„Ich weiß allerdings nicht, ob Asin mit uns kommen würde", sagte Daniel und zog eine Grimasse. Omrak, da war sich Daniel ziemlich sicher, würde gerne mitkommen.

„Die Schule?"

„Du weißt davon?", fragte Daniel erstaunt. Nach kurzem Überlegen wurde Daniel klar, dass die Elfe es natürlich wissen würde. Khy'ra war ein wichtiger Teil der Stadt und sprach jeden Tag mit einer Vielzahl von Bürgern. „Es ist wichtig für sie. Und wenn sie gehen würde …"

„Es würde niemand aushelfen", beendete Khy'ra für ihn.

„Das hat sie doch vorher nicht gemacht, oder?", sagte Daniel, und Khy'ra schüttelte den Kopf.

„Der Rat hat das Budget gekürzt, als der Dungeon geschlossen wurde. Sagte, sie könnten es sich nicht mehr leisten."

„Aber der Dungeon ist wieder offen."

„Oh, Daniel." Khy'ra lächelte ihren Freund sanft an. „So einfach ist das nicht. Sie wollten es schon seit Ewigkeiten kürzen. Das war nur ein Vorwand."

„Gibt es, … gibt es etwas, das ich tun kann?"

Daraufhin erhielt Daniel einen schnellen Kuss auf den Kopf. „Wenn mir etwas einfällt …"

„Sag es mir", sagte Daniel. Er wusste, dass Asin ihm gesagt hatte, er solle sich nicht einmischen, aber das schien so unfair. Ihm fiel jedoch nichts ein, was er tun konnte – er wusste nicht einmal, wo er mit dem Helfen anfangen sollte. Ein Stadthaushalt war nichts, was man schlagen oder durchforsten konnte. Und einen Beitrag für die Schule zu leisten, nun, das war eine kurzfristige Lösung.

***

Einen Tag später fand sich die Gruppe auf Ebene acht wieder und starrte auf einen vertrauten Anblick. Das Trio blickte sich gegenseitig an, bevor es lachend vorwärts in die großen Höhlen ging. Als Daniel auf die Karte in seinem Kopf starrte, lachte er leise. Das war buchstäblich die gleiche Ebene acht wie vor der Konfigurationsänderung des Dungeons.

Daniel fühlte sich entspannter und führte die Gruppe hinunter zu der Stelle, an der sie zuletzt aufgehört hatten, und zur Treppe zur neunten Ebene, froh, endlich wieder auf vertrautem Boden zu sein.

***

Mit einer Anmut, die seiner Statur nicht gerecht wurde, duckte sich Omrak unter der Keule des Ogers und schwang sein Schwert in einem kurzen horizontalen Schlag, der im Knie des Monsters endete. Der Nordländer drehte seine Klinge und riss sie nach oben, wodurch sich eine breitere Wunde am Oberschenkel der Kreatur öffnete. Mit dem Schwung aus dem Stand trat Omrak nach vorne und schickte den verletzten Oger nach hinten, bevor er sich auf seinen nächsten Gegner vorbereitete.

„Sollen wir ihm helfen?", fragte Daniel, nachdem er seinen eigenen Oger erledigt hatte.

Asin schüttelte den Kopf und hockte sich auf den Leichnam des Ogers, dem sie die Augen ausgestochen hatte. Der hünenhafte Nordländer war allein auf die erste Gruppe von sechs Ogern zugestürmt, hatte sein Schwert geschwungen und vor Kampfeslust geschrien. Omrak hatte den ersten Oger mit seinem neuen Skill erledigt, bevor er sich im Kampf gegen die anderen verzettelt hatte. Nur die Ankunft der beiden hielt ihn davon ab, flankiert zu werden. Omrak schien jedoch gar nicht darauf aus zu sein, die letzten drei Monster mit ihnen zu teilen, denn weite Schläge und rasende Sprünge sorgten dafür, dass keiner der Abenteurer näher herankam und ihm sicher helfen konnte.

Nicht, dass er Hilfe gebraucht hätte. Daniel zuckte zusammen, als Omrak eine Hand abhackte und dann mit einem Gegenhieb den Bauch des Ogers aufschlitzte. Der Nordländer schien sich an dem offenen Raum und den monströsen Gegnern zu erfreuen und schwang sein Schwert mit wilder Hingabe. Die zufälligen Wunden, die er sich einfing, verstärkten nur noch die Stärke seiner Angriffe. In Wahrheit war das ein furchtbarer Kampf für den Dungeon. Nicht nur, dass die weitläufigen Höhlen, aus denen die Oger-Ebene bestand, es Daniel erlaubten, seine Plattenrüstung und seine Armbrust in vollem Umfang zu nutzen – die zahlreichen Monster erlaubten es Omrak, die ganze Bandbreite seines Kampfstils zu entfesseln. Sogar Asin konnte mit ihrem neuen Skill zum Kampf beitragen. Die Gruppe wühlte sich durch die Ebene wie Asins Chili durch Omraks Eingeweide.

***

Als das Trio an diesem Abend auftauchte, taten sie das mit einem Lächeln im Gesicht. Nicht nur, dass die Gruppe die Oger ohne Probleme besiegt hatte, die Manasteine, die jeder der Oger hinterließ, waren von gutem Wert und so häufig wie die Angriffe. Sie hatten es sogar versehentlich geschafft, über den Oger-Champion und die Ebenentruhe zu stolpern, ein Kampf, der damit endete, dass Daniel fast die Hälfte seines Manas dafür ausgab, den sturen Nordländer zusammenzuflicken, der sich mit dem Champion einen Schlagabtausch geliefert hatte, bis einer fiel. Es war für Daniel ganz offensichtlich, dass die Gruppe während ihrer Zeit im neuen Dungeon stärker geworden war. Die Tatsache, dass sie wussten, welche Fallen, welches Terrain und welche Taktiken sie zu erwarten hatten, hatte die Ebene so viel einfacher gemacht als ihre vorherigen Erfahrungen auf dieser. Außerdem konnte Daniel nicht anders, als über die Tatsache zu lächeln, dass er nun Level 9 erreicht hatte.

Gut gelaunt stapfte die Gruppe in die Abenteurergilde, um ihre Tageseinnahmen bei Liev abzugeben.

„Guter Tag", sagte Liev und bemerkte die lächelnde Gruppe. Ein schnelles Nicken von allen dreien ließ ihn das Lächeln erwidern, bevor er nüchtern wurde. Er hasste es, ihnen das zu sagen, aber es musste getan werden.

„Die Crimson Elms waren gerade da. Sie haben auch die achte Ebene geräumt."

Das Trio starrte Liev an, ihre gute Laune war plötzlich dahin.

„Wie?", sagte Daniel.

„Es ist keine schwere Ebene", sagte Liev und verzog die Lippen leicht. „Keine Rätsel, keine schwierigen Fallen, keine Labyrinthe. Und sie haben die Karte dazu gekauft, da sich der Grundriss überhaupt nicht verändert hat."

„Oh …", stöhnte Daniel und rieb sich die Schläfen. Es waren nur noch zwei Ebenen, die infrage kamen, und die letzte Ebene könnte ein Boss-Monster haben.

Asin knurrte und zerrte an Daniels Arm. Sie zeigte den Weg zurück, den sie zum Eingang des Dungeons gekommen waren. Daniel schüttelte unwillkürlich den Kopf, er schätzte bereits im Geiste seine Manavorräte und die Müdigkeit in seinem Körper ab.

„Nein, Asin", sagte Daniel. „Ich habe gerade den größten Teil meines Manas verbraucht, um uns zu heilen, bevor wir hochkamen. Es gibt waghalsig und dann gibt es leichtsinnig. Das ist waghalsig."

Omrak sah den beiden beim Streiten zu, seine Hand strich abwesend über den Griff seines Knaufs.

„Quest", sagte Asin, ihr Schwanz peitschte hinter ihr hervor.

„Es ist eine ganze Ebene. Vielleicht zwei. Wir haben auch noch nie gegen einen Dungeon-Boss gekämpft, Asin", knurrte

Daniel und schüttelte den Kopf. „Nein. Es ist zu gefährlich."

„Versuchen", sagte Asin erneut und zeigte auf ihn.

„Nein", sagte Daniel.

Omrak, der die beiden beobachtete, räusperte sich: „Vielleicht, ihr Helden, darf ich einen Vorschlag machen."

Daniel und Asin warfen dem Jungen einen Blick zu, bevor sie innehielten und sich daran erinnerten, dass er ein Teil der Gruppe war. Daniel nickte ruckartig und Omrak lächelte die beiden an.

„Lasst uns ein paar Stunden ausruhen. Morgen im Morgengrauen können wir beginnen und nicht eher gehen, bis wir die Quest abgeschlossen haben. Das wird Held Daniel Zeit geben, sein Mana wiederzuerlangen, und uns, die Vorräte zu sammeln, die wir brauchen", sagte Omrak.

„Das ist …", begann Daniel, hielt dann inne und zuckte mit den Schultern. „Das ist vernünftig."

Asin knurrte und sah unglücklich aus, aber schließlich nickte sie.

„Liev, können wir mit unserem Verdienst einige der Heiltränke kaufen, die die Gilde hat?", fragte Daniel.

„Natürlich", sagte der rothaarige Aufseher und lächelte die Gruppe leicht an, während er sich damit beschäftigte, die letzten Steine zu sortieren.

„Außerdem gibt es etwas Seltsames in der neunten Ebene", sagte Daniel und senkte seinen Blick. „Sag mir, was du davon hältst …"

***

Der Vorhof in der neunten Ebene sah aus wie alle anderen Vorhöfe, die sie bisher gesehen hatten: Ein einfacher, aus Stein gehauener Raum, der von mit Mana durchtränktem Stein beleuchtet wurde. Daniel hob seinen Streitkolben und rollte seine Schultern, während er seine Zweifel an ihrem Plan verbannte. Wenn sie in dieser Ebene durchkamen, hatten sie vielleicht eine Chance, die Questbelohnung zu gewinnen. Sie waren früh am Morgen aufgewacht und hatten für eine mehrtägige Erkundungstour gepackt; das war die letzte Möglichkeit für sie.

Als die Gruppe herausging, erwarteten sie vertraute unterirdische Höhlenkorridore. Die Korridore und Höhlen waren eine

Mischung aus natürlichen und von Menschenhand geschaffenen Oberflächen, die sich nach außen hin ausbreiteten, Gänge und Ausgänge, die nicht nur vom Boden aus, sondern auch drei oder sechs Meter nach oben ragten, allesamt beleuchtet von der leichtesten Manafärbung. Einige der Ausgänge waren durch vertraute graue und braune Wände versperrt, während der leicht beißende Geruch von chemisch verändertem Speichel der Ixillianischen Crawler die Luft durchdrang.

„Denkt daran, dass sie wahrscheinlich nur die Ablenkung sind", murmelte Daniel und starrte die Wände an. Es war die einzige Erklärung, die Liev eingefallen war – dass die Crawler wieder als Deckung für etwas Gefährlicheres benutzt wurden. Daniel seufzte und bewegte sich leicht in seiner

Lederrüstung, während er sich den Raum einprägte. Da er wusste, worauf sie sich einließen, hatte er sich größtenteils auf seine leichtere und weniger sperrige Rüstung beschränkt. Traurigerweise waren seine verzauberten Armschienen verkauft worden, sodass er nur noch seine eisernen trug. Aber so war es wenigstens unwahrscheinlicher, dass er stecken blieb.

„Lasst uns beginnen", knurrte Omrak und schob seinen Rucksack so, dass er bequemer hinter ihm Platz fand.

Mit einem Nicken führte Asin den Weg an und wählte einen der anfänglich größeren Durchgänge. Die Erfahrung aus der Vergangenheit hatte ihnen gesagt, dass sie sich vor Fallen auf diesen Ebenen in Acht nehmen sollten, also war es eine kluge Entscheidung, die Catkin führen zu lassen.

Die Erfahrung aus der Vergangenheit hatte auch gezeigt, dass das, was als großer Durchgang begann, leicht zu etwas viel Kleinerem werden konnte.

Es dauerte keine fünf Minuten, bis sie ihrem ersten Monster begegneten. Es sank von einer Höhlendecke herab, und landete mit einem Platschen auf Daniel. Sofort begann der säurehaltige Schleim des Körpers sich in Daniels Rüstung zu fressen; sein Körper floss um seinen Schutz herum und verbrannte seine Haut. Daniels überraschter Schrei reichte aus, um die anderen beiden zu warnen, wodurch Asin durch ihre schnelle Reaktion einem weiteren fallenden Monster ausweichen konnte. Omrak hatte nicht so viel Glück. Die Kreatur verfehlte zwar den Torso des Nordländers, schaffte es aber dennoch, ein fuchtelndes Glied um seinen Oberschenkel zu wickeln. Anders als bei Daniel begann Omrak eine Reihe von leichten Zuckungen loszulassen, die die Oberschenkelmuskeln des großen Abenteurers zusammenziehen und wieder loslassen ließen.

Daniel schlug nach dem Schleim auf seiner Schulter, seine behandschuhte Hand fuhr durch das Monster und richtete keinen Schaden an. Verzweifelt versuchte er es noch einmal, als die Kreatur sich durch sein Fleisch brannte und seine Nerven in Brand setzte. Mit dem Messer in der Hand stürzte sich Omrak auf den Hauptkörper der angreifenden Kreatur, mit ebenso wenig Erfolg. Nur Asin gelang es, ihren Gegner zu verletzen. Eine geworfene Klinge durchschlug einen Schleimkörper und ließ Funken von Elektrizität durch ihn schießen.

Die Klinge hinterließ Spuren von Gift, die das lila Schleimmonster zu verfärben begannen; grüne Ranken wanden sich immer tiefer durch den Schleimkörper. Das violette Monster zitterte und bebte bei dem Angriff und taumelte vorwärts, um die Catkin anzugreifen.

Daniel sah nichts davon; sein Fokus lag auf dem Monster auf seiner Schulter. Als er erneut auf die Kreatur einschlug, fiel ihm etwas auf. Ein kleiner, schwebender blauer Stein im Inneren der Kreatur. Die Inspiration schlug zu, und bei seinem nächsten Angriff streckte er die Hand aus und packte den Stein, der zur Seite zu schweben versuchte. Er war zu nah dran und zu sehr auf seinem Körper verteilt, um ihm zu entkommen, sodass er den Stein mit Leichtigkeit packte und aus dem Schleim zog. Plötzlich brach der gesamte Körper des Schleims ohne seinen Kern auseinander und fiel von Daniels Körper ab.

„Die Steine. Zerstört die Steine!", rief Daniel erleichtert.

Omrak befolgte Daniels Rat und griff den glühenden Kern des Schleims an. Im Gegensatz zu Daniels hatte dieses Monster jedoch nur ein paar Ranken auf den Nordländer gelegt und konnte daher besser ausweichen und seinen Stein verschieben. Schließlich landete Omrak einen Schlag, der den Stein zerschmetterte und das Monster tötete.

„Schlecht. Stein zerstören", murmelte Asin und deutete auf Omrak. Ihr eigener Schleim war durch das Gift und die wiederholten Schocks kurz vor Omraks erloschen.

„Es hat mich fast umgebracht", zischte Omrak.

„Ja. Nicht tot, gut", sagte Asin, und zeigte auf die Steine. „Weniger Münzen, schlecht."

Daniel ignorierte den Streit der beiden und legte seine Hand auf seine eigene Schulter, während er sich selbst mit dem *Zeichen des Heilers* versorgte. Im Stillen bewertete er den Schaden mit seiner Gabe und zischte über das Ergebnis. In dem kurzen Kampf hatte sich der saure Schleim nicht nur durch seine Haut gefressen, sondern auch in einige der darunter liegenden Muskeln und Nerven. Daniel biss die Zähne zusammen und konzentrierte sich, heilte Nerven und Muskeln, bevor er aufhörte. Es war besser, den Zauber die Arbeit beenden zu lassen.

„Schleim", sagte Daniel schließlich und nahm das Gespräch wieder auf, das zwischen den beiden anderen Abenteurern endgültig ins Stocken geraten war. „Gibt es eine andere Möglichkeit, sie zu töten?"

„Gift. Elektrizität", sagte Asin.

„Keines von beiden haben Omrak oder ich", betonte Daniel.

„Feuer?", sagte Omrak und fasste an seinen Rucksack. „Ich habe Fackeln."

„Nass." Asin zeigte auf die Stelle, an der der Schleim gelegen hatte, der sich aufgelöst hatte.

„Stimmt, aber wir können es genauso gut versuchen", sagte Daniel und nickte Omrak zu, der bereits eine Fackel aus seinem Rucksack holte. Wenigstens hatte er mit seinem Streitkolben eine bessere Chance, den Stein zu treffen, als Omrak mit seinem

Messer oder Schwert. Als Omrak die Fackel entzündet hatte, ruckte Daniel mit dem Kopf zu Asin und die Gruppe machte sich auf den Weg. Jetzt, da sie wussten, was sie erwartete, wirkte die imposante neunte Ebene weniger bedrohlich. Gefährlich, tödlich, aber weniger bedrohlich.

***

Feuer funktionierte. Mehr oder weniger. Es war keine starke Waffe – eine Fackel, die auf einen Schleim gestoßen wurde, konnte ihn verbrennen, ihn verletzen, aber man riskierte auch, dass die Fackel erlosch. Omrak lernte bald, dass es für ihn besser war, einen Schleim fast zu treffen, die Fackel nahe am Körper zu halten und die Hitze, die von der Fackel ausging, ihre Arbeit tun zu lassen, anstatt sie wie ein Schwert hineinzustechen. Es war nicht perfekt; es war in der Tat beinahe so ineffektiv wie der Einsatz seiner Klingenwaffen. Beinahe.

Wenigstens kämpften sie nicht gegen einen Feuerschleim. Die Erkundungen der letzten Stunden hatten deutlich gemacht, dass es auf der neunten Ebene eine Vielzahl verschiedener Schleimformen gab. Jeder barg seine eigene Gefahr – Feuerschleime spuckten brennende Gliedmaßen aus, die sich weigerten zu erlöschen und beim Tod explodierten. Erdschleime trugen zahlreiche Felsen in ihrem Körper, die dem Schleim die Möglichkeit gaben, zuzuschlagen und sich gegen Daniels Streitkolben zu verteidigen. Luftschleime krochen, wanden oder glitten nicht mehr umher, sondern schwebten durch die Luft und versuchten, einen einzuschließen und zu ersticken.

Und natürlich machten die Crawler ihre Anwesenheit bekannt, manchmal zu den unpassendsten Zeiten. Geschützte Panzer, die durch die Dungeons krochen, Abschnitte abriegelten und mit wenig Rücksicht auf ihr Leben angriffen. Sie waren nicht tödlich, wenn man es allein mit ihnen aufnahm, aber in Kombination mit den Schleimen, die gegen die meisten normalen Angriffe resistent waren, hatten sie sich als gefährliche Kombination erwiesen.

Daniel schüttelte den Kopf, als er die Umgebung untersuchte, während Asin die Höhle erkundete, in die sie hinausgegangen waren. Die Catkin suchte wie immer nach neuen Fallen, obwohl es bis jetzt keine gab, außer den üblichen Fallen, die leicht genug zu umgehen waren. Daniel konnte hinter sich ein schmerzhaftes Grunzen hören, als Omrak sich durch den letzten engen Gang schleppte. Aus irgendeinem Grund hatten die Crawler die Gänge nie fertig versiegelt und ließen den Abenteurern einen kleinen, aber engen Ausgang. Eng genug, dass es dem großen Nordländer schwerfiel, sich herauszuwinden.

„Brauchst du Hilfe?", sagte Daniel zum dritten Mal.

„Ich werde es schaffen, Held", grunzte Omrak mit angestrengter Stimme.

„Also gut." Daniel verstummte wieder und ließ seinen Blick über die Umgebung schweifen, auf der Hut vor einem weiteren Angriff. Die Schleime warteten nicht wie andere Monster, sie wanderten von Höhle zu Höhle und schienen Hinterhalte dem direkten Kampf vorzuziehen. Mit ihren gelatineartigen Körpern konnten sie sich durch die kleinsten Ritzen schlängeln und ohne Vorwarnung auftauchen.

„Aaaarrrgghhh …", brüllte Omrak, als er seinen Arm und seine Schulter durch den Spalt schob und einen Stalaktiten ergriff. Er umklammerte ihn fest und zog seinen Körper wieder zurück, die breiten Schultern blieben an den Kanten hängen. Sein Hemd, einmal zu oft beansprucht, zerriss, und der Nordländer ertappte sich beim Fluchen.

Daniel, dessen Aufmerksamkeit auf den teilweise hervorgetretenen Riesen gerichtet war, sah nicht, wie der Schwarm von Luftschleimen aus einem Durchgang hoch oben in der Decke herunterschwebte. Sie gaben keinen Laut von sich, als sie die Winde um sich herum kontrollierten. Die

Gruppe von fünf Schleimen teilte sich auf, wobei einer auf Omrak losging und zwei andere auf das freie Paar.

Es war nur die Verschiebung der Luftströmungen, die Daniel den Bruchteil eines Augenblicks vorwarnen konnte. Er wich zur Seite aus, hob seinen Schild und schlug den Schleim weg. Er sprang schnell zurück, als der zweite Schleim auf ihn zustürzte, und hob dann seinen Schild, um ihn zu zerschlagen. Er stürmte nach vorne und sein Schild warf den Schleim nach hinten, sodass der gelatineartige Glibber gegen eine Höhlenwand prallte. Damit war die Sache erledigt, und Daniel wirbelte herum, nur um sich in einer ungraziösen Bewegung nach hinten zu werfen, als das Monster erneut versuchte, auf seinem Gesicht zu landen.

Asin hingegen nahm einen direkteren Weg, sprintete um die Höhle herum und warf ihre Messer auf die Monster. Jeder Angriff schickte tanzende Funken aus Elektrizität und violette Streifen aus Gift, die die Monster verletzten, die versuchten, die schwer fassbare Catkin zu fangen. Als sie an Daniel vorbeihuschte, schlug sie mit einer Krallenhand nach dem Monster, das ihn angriff, und sprintete dann dorthin, wo der ungeschützt Omrak gegen seinen eigenen Schleim kämpfte. Unerwartet hatte der Schleim sein Gesicht verschlungen und einen Teil seiner selbst in seinen Mund geschoben, bevor er ihn aufhalten konnte.

Daniel knurrte und duckte sich unter einem weiteren Sturzflug des Schleims, der ihn angriff, bevor er sich drehte und mit seinem Streitkolben nach ihm schlug. Er erwischte ihn und riss ihm einen Klumpen ab, verfehlte aber den alles entscheidenden Kern. Daniel tanzte wieder zur Seite und war gezwungen, sich hin und her zu bewegen, während er versuchte, den Kern wieder und wieder zu treffen.

Die sich schnell bewegenden, flitzenden Monster waren schwer zu treffen, als sie versuchten, auf den Abenteurern zu landen. Gezwungen, sich zu ducken und zu verteidigen, waren es Asins Schleime, die schließlich durch die wiederholte Einwirkung von Blitzen und Gift zuerst starben. Die Catkin hielt inne, scannte die Umgebung und knurrte, als sie sah, dass Omrak sich nicht mehr wehrte. Sie flitzte hinüber, Krallen erschienen aus ihren Händen, als sie um den Schleim herumkrabbelte, bevor es ihr schließlich gelang, den Kern herauszuziehen. Fast sofort löste sich der Schleim auf, aber Omrak bewegte sich nicht.

Asin knurrte und verpasste dem großen Abenteurer eine Ohrfeige. Omrak reagierte überhaupt nicht und die Catkin drehte sich und rief bereits nach Daniel. Daniel schlug mit seinem Schild auf den letzten Schleim ein und schaffte es diesmal, ihm den Kern aus dem Körper zu treiben und ihn zu töten. Befreit sah Daniel zu Asin und dann zu Omrak, seine Augen weiteten sich.

Der Heiler stürzte nach vorne, eine Hand ausgestreckt, um den reglosen Körper des großen Abenteurers zu berühren. In dem Moment, als der Kontakt hergestellt war, schickte er seine Gabe in Omraks Körper. Mit angespannten Lippen stellte er fest, dass der große Nordländer nicht mehr atmete, obwohl sein Herz noch schlug. Nur ein einziger Stromstoß war nötig, bevor Omrak laut keuchte und sein Körper wieder zum Atmen gezwungen wurde.

Asin stieß ihren angehaltenen Atem aus, ihr Schwanz wedelte wieder, als Omrak röchelte und hustete. Daniel griff nach vorne und riss Omrak am Oberkörper aus der Öffnung. Der große Nordländer schrie auf, als die unebenen Wände des Durchgangs seine Kleidung und Haut zerrissen. Daniel beugte sich unerbittlich hinunter und verpasste dem großen Nordländer ein *Zeichen des Heilers*, bevor er sich wieder umdrehte, um nach weiteren Problemen zu suchen. Der große Abenteurer rollte sich gerade zusammen, röchelte und hustete erneut, als er die

Kontrolle über seinen Körper wiedererlangte.

Während Omrak sich langsam erholte, ließ Daniel seinen Blick hin und wieder zu dem Nordländer wandern. Das war wirklich zu knapp gewesen.

Kapitel 16

Nach Stunden des Kriechens, Gehens und Kletterns war die Gruppe dem Ausgang nicht näher gekommen. Die neunte Ebene dehnte sich aus, wobei jede Höhle mehrere Ausgänge gleichzeitig hatte. Jeder dieser Ausgänge, und sei er noch so klein, musste überprüft und kontrolliert werden. Und bei all dem musste sich die Gruppe vor den Schleimen in Acht nehmen, die jederzeit auftauchen konnten, oder vor den Crawlern, die die Höhlen durchquerten.

Eine Sorge, die Daniel nicht losließ, war die Möglichkeit, dass die Crawler die Treppe nach unten blockiert hatten, sodass die Gruppe den Ausgang nicht mehr finden würde. Es war eine geringfügige Sorge, da sie schließlich den gesamten Ort kartografieren würden und, falls nötig, zurückgehen könnten. Die größere Sorge war, dass die Elms schließlich auch hier sein würden, um zu suchen.

„Halt", sagte Omrak, während er in seinem Rucksack herumkramte, um eine andere Fackel zu finden. Wann immer es möglich war, hatte die Gruppe größere Gänge benutzt, wenn auch nur aus dem Grund, um keine Zeit zu verlieren, während Omrak seine Fackel neu anzündete. Schließlich hatten sie begonnen, Asin auf kleineren Gängen vorauszuschicken, damit sie diese auskundschaften konnte. Das sparte ihnen Zeit, vor allem, da viele dieser Gänge mit einem anderen, bereits erforschten Ort verbunden waren, oder mit einem, der leichter zu erreichen war.

„Sicher", sagte Daniel und richtete sich darauf ein, nach Schleimen Ausschau zu halten. Asin ignorierte den Befehl, während sie nach weiteren Durchgängen suchte. Das war schließlich ihre Rolle in der Gruppe.

„Dieser Abschnitt gefiel mir schon vorher nicht", sagte Omrak und sah sich an dem schwach beleuchteten Ort um. Die Fackel trug wenig dazu bei, die Beleuchtung in den Höhlen zu verbessern, stattdessen überlagerten etwas hellere Stellen die weniger beleuchteten Bereiche. „Es hat sich nicht verbessert."

„Diese Schleime sind zäh", sagte Daniel und schüttelte den Kopf. „Ich bereue es, meine Armschienen verkauft zu haben."

„Verzauberte Waffen wären nützlich. Mein Bruder hat ein verzaubertes Messer, eines, das mit einer flammenlosen Hitze brennt“, sagte Omrak. „Das könnte hier nützlich sein.“

„Oder eine Schaufel“, sagte Daniel. „Etwas, um die Steine herauszuschaufeln.“

„Eine Schaufel …“ Omrak rieb sich das Kinn und lachte dann. „Das würde funktionieren. Schade, dass ich keine mitgebracht habe.“

„Sieht aus, als wäre sie bereit.“ Daniel nickte zu Asin, die sie zu sich winkte. „Zeit, loszulegen.“

„Ja.“ Omrak trat nach vorne, hielt dann inne und klopfte Daniel auf die Schulter. „Danke.“

Daniel nickte nur, peinlich berührt von dem Dank. Kichernd ging der Nordländer nach vorne und duckte sich tief, als er sich bereit machte, in einen weiteren zu engen Gang zu gehen.

Die Seele eines Dungeons

***

Spät am Abend hatte die Gruppe schließlich Feierabend gemacht. Sie hatten eine Menge Strecke zurückgelegt, aber immer noch nicht den Ausgang gefunden. Nach sorgfältiger Erkundung hatte Asin festgestellt, dass es in der Höhle, in der sie hockten, nur ein paar Eingänge gab, was ihnen die beste Chance auf eine friedliche Nachtruhe gab.

Nicht, dass sie eine gute Erholung erwartet hätten. Es war klar, dass diese Ebene mit den Schleimen und Crawlern einen extrem auf Trab hielt, was dafür sorgte, dass die Gruppe ständig Wache halten musste. Sie würden definitiv mit rotierenden Wachen ausruhen müssen.

„Sollen wir zurückgehen?", fragte Omrak und kaute auf seinem Abendessen aus getrocknetem Dörrfleisch und Brot herum.

„Warum?", fragte Asin.

„Daniel und ich haben beide mit dem Schleim zu kämpfen. Nur deine Skills haben uns einen Vorteil verschafft. Mit entsprechender Ausrüstung könnten wir schneller reisen", antwortete Omrak. Daniel schwieg, zufrieden damit, die beiden streiten zu lassen.

„Wie viel? Karte", fragte Asin und wandte sich an Daniel.

„Vielleicht die Hälfte?", sagte Daniel. Es war schwer zu sagen mit den ausgedehnten Passagen, die ohne Vorwarnung in Sackgassen versanden konnte.

„Nein", sagte Asin und schüttelte den Kopf.

„Warum?“, knurrte Omrak. „Jeder Kampf ist ein Risiko für Daniel und mich. Es wäre besser für uns, mit voller Kraft zu kämpfen.“

„Ein Tag. Halb. Zurück. Halber Tag. Nein. Wettrennen“, erklärte Asin, wobei ihr Schwanz wütend hinter ihr peitschte. Nachdem sie fertig war, rieb sie sich den Hals. So viel zu reden tat immer weh.

Omrak starrte Asin nur an, Verwirrung spiegelte sich auf seinem Gesicht, bevor er zu Daniel sah. Er seufzte und erklärte: „Es ist ein halber Tag, um zurückzukommen. Dann sind wir einen halben Tag wieder da, wo wir sind, und vielleicht wären wir dann schneller. Wahrscheinlich. Aber wir brauchen nur einen halben Tag, also brauchen wir nur einen Tag gesamt, um fertig zu werden. Ist das ungefähr richtig, Asin?"

Sie nickte und fügte dann ein letztes Wort hinzu: „Wettrennen".

„Richtig, und wir sind in einem Wettrennen", sagte Daniel.

„Bist du damit einverstanden?", fragte Omrak und blickte zu dem kleineren Abenteurer.

„Ich denke … ja. Ich denke, wir sollten weitermachen. Das war der Plan", antwortete Daniel.

„Nun gut", räumte Omrak ein, der etwas genervt aussah, aber akzeptierte. „Ich werde die erste Wache übernehmen."

Daniel nickte nur. Er würde die mittlere Wache übernehmen. Seine Gabe ließ ihn immerhin länger durchhalten als die anderen beiden. Selbst ein paar Stunden Schlaf würden ihnen allen helfen, so unruhig und zerstückelt er auch sein mochte.

***

Der Schlaf an diesem Abend war alles andere als erholsam gewesen. Die Gruppe war zweimal wach geworden, als sie das Eindringen eines Crawlers und dann einer Gruppe von Schleimen abwehren musste. Selbst dann hatten die Nickerchen, die sie gemacht hatten, die Gruppe ausreichend erfrischt, sodass sie in den frühen Morgenstunden mit der Erkundung beginnen konnten. Jetzt, am Nachmittag, saß die Gruppe zusammengekauert und starrte auf die riesige Höhle, die vor ihnen lag.

„Was ist das?", zischte Daniel, als er auf den grünen, gelatineartigen Würfel starrte, der die Höhle vor ihnen dominierte. Im Gegensatz zu den anderen Schleimen, die oft nur dreißig Zentimeter oder so groß waren, war dieser fast zwei Meter breit. Es wäre ein Leichtes für eine so große Kreatur, einen Abenteurer ganz zu verschlingen.

„Großer Schleim", sagte Asin und fuhr mit einem Finger an einem Messer entlang. Mit zusammengekniffenen Augen suchte sie nach Anzeichen für den Manastein in seinem Körper. Wenn sie ihn zerstören konnten, würde das den Kampf beenden, egal wie groß der Schleim war.

„Das muss der Ebenen-Champion sein", grummelte Omrak leise.

„Definitiv", bestätigte Daniel und schüttelte den Kopf, während er seine

Angriffsoptionen überlegte. *Schildschlag* würde dem Monster nichts anhaben, außer vielleicht einen Teil seines Körpers zu verdrängen. Weder *Perins Schlag* noch *Doppelschlag* würden es verletzen, und sein neuestes Skill war keine aktive Waffe. Er konnte sehen, wo sich die Manasteine befanden, aber das nützte wenig, wenn die Steine so tief im Körper des Monsters eingebettet waren.

„Ich fürchte, ich wäre hier von geringem Nutzen", sagte Omrak, der ebenfalls seine eigene Einschätzung vorgenommen hatte. Es würde eine Menge Fackeln brauchen, um es zu verletzen, und sie hatten einfach nicht die Zeit dazu.

„Herum?" Asin deutete nach hinten und die Gruppe schnitt eine Grimasse. Eine Sache, die ihnen bei dem neuen Dungeon-

Layout aufgefallen war, war, dass die Treppe oft sehr nahe bei den Champions lag. Das war eine Veränderung gegenüber früheren Layouts und könnte möglicherweise nur daran liegen, dass der Mangel an Abenteurern die Champions wieder hervorbrachte. In jedem Fall war die Wahrscheinlichkeit groß, dass die Treppe hier in der Nähe war – möglicherweise direkt hinter dem Ebenen-Champion.

„Wahrscheinlich ist es besser so", murmelte Daniel schließlich. Omrak nickte, und die Gruppe schlich leise rückwärts. Es ergab keinen Sinn, einen Kampf zu beginnen, wo zwei Drittel der Gruppe wenig ausrichten konnten. Trotzdem überlegte Daniel, was sie mit dem, was sie hatten, tun konnten. Sicherlich gab es einen Weg, diesen Kampf zu gewinnen.

***

Stunden später fand sich die Gruppe wieder in der Nähe des Eingangs zur Kammer des Champions zusammen. Bis jetzt hatten sie weder etwas gesehen noch gehört von den Crimson Elms. In Anbetracht der Größe der Höhle bedeutete das sehr wenig. Dennoch hegte die Gruppe ein wenig Hoffnung, dass sie den Elms noch voraus waren. Nachdem sie die Lücken in den Karten in Daniels Kopf erkundet hatten, befanden sie sich nun wieder dort, wo sie vor Stunden begonnen hatten.

„Irgendwelche Ideen?", fragte Daniel und starrte in die Kammer.

„Ich kämpfe. Gift. Rennen", sagte Asin.

„Das scheint leichtsinnig", meinte Omrak. „Dem würde ich nicht zustimmen."

„Ich muss zustimmen. Ihre Skills sind vielleicht die effektivsten, aber es dauert trotzdem eine Weile, bis die Schleime sterben. Etwas so Großes …", sagte Daniel und schüttelte den Kopf. „Allein hineinzugehen ist eine schlechte Idee."

Asin knurrte, nickte aber nur, wobei ihr Schwanz hinter ihr peitschte. Sie drehte sich um und starrte die beiden an, um zu sehen, ob sie eine andere Idee hatten.

„Ich habe nachgedacht …", begann Daniel und hielt dann inne. Ein Teil von ihm mochte die Idee, die er gerade vorschlagen wollte, wirklich nicht. Altes Training, alte Gewohnheiten sagten, dass es eine schlechte Idee war. Dennoch war es die Einzige, die ihm einfiel. Auf das aufmunternde Nicken seiner Freundin hin sprach er schließlich seine Gedanken aus. „Wir könnten Öl verwenden. Gießt es in die Ölflaschen, die wir noch haben, und zündet es an."

Omrak brummte und rieb sich in Gedanken das Kinn. „Es ist groß genug. Obwohl, so ein großes Monster auf Feuer ..."

Daniel konnte es vor seinem geistigen Auge sehen. Ein flammender Würfel, der durch die Höhle rollte und alles, was er berührte, in Brand setzte. Schlimmer noch, er wusste, dass zu viel Feuer potenziell gefährlich für sie sein konnte – es fraß den Sauerstoff, würde die Gruppe schwächen, vielleicht sogar töten. Das war in echten Minen immer ein Problem – aber wie es in einem Dungeon funktionierte, wusste Daniel nicht. Seine geringe Erfahrung mit den Dungeons deutete darauf hin, dass sie sich nicht so verhielten wie Minen, dass Bedenken wie schlechte Luft und die Ansammlung gefährlicher Gase nicht auftraten. Trotzdem …

„Idee?", sagte Asin und stupste Omrak an, der den Kopf schüttelte. Daraufhin zeigte Asin auf Daniel und beendete das Gespräch. „Öl."

***

Es zu sagen und es zu tun, waren zwei verschiedene Dinge. Die Gruppe legte schnell ihre Pläne fest und teilte die Flaschen und die letzten Fackeln zwischen Daniel und Omrak auf. Sie würden für das Werfen und Anzünden des Monsters verantwortlich sein. Asin würde sich zuerst in den Raum schleichen und den Angriff beginnen, indem sie ihre Klingen benutzte, um das Monster sofort zu beschädigen und zu vergiften. Sobald das Monster auf sie fokussiert war, würden die beiden ihre Ölflaschen werfen und es hoffentlich in Brand setzen, bevor sie sich zurückzogen, während Asin es erneut angriff.

Zunächst ging der ganze Plan gut auf. Asins Angriffe hinterließen Schlieren aus violettem Gift, die sich langsam durch den Schleim ausbreiteten und ihn verletzten. Interessanterweise verließen ihre Messer nie den Körper der Kreatur, stattdessen blieben sie in der zähflüssigen Gestalt des Körpers hängen und verfingen sich. Die Ölflaschen, die auf das Monster geworfen wurden, zerbrachen und verteilten ihren Inhalt auf die Kreatur. Nur in einem Fall wurde eine komplett verschluckt. Als es den beiden gelang, mit ihren Fackeln in den Schleim zu stechen, entzündeten sich die Flammen und schickten Schauer durch den Wackelpuddingkörper.

Was sie nicht erwartet hatten, war die Art und Weise, wie das Monster dann den Großteil der Flammen in seinen Körper verschluckte und sie in seinem Kern löschte. Die beiden waren so überrascht, dass sie sich fast nicht mehr rechtzeitig entfernen konnten, als das Monster auf sie zustürmte und die Flammen noch immer an seiner Oberfläche leckten. Rückwärts krabbelnd trennten sich die beiden, als sie einen besonders breiten Stalaktiten umrundeten.

Hinter ihnen zischte Asin wütend, als ihre vergifteten und mit *Aura* verzauberten Klingen weiterhin richtig flogen und ignoriert wurden. Sie zielte auf den gesamten Körper des Schleims, entschlossen, das Gift schneller zu verteilen, während das Monster seinen Kern von ihr fernhielt. Doch nichts, was sie tat, schien die Aufmerksamkeit des Monsters zu erregen, das sich auf Daniel stürzte.

Daniel huschte davon und versuchte, die Höhle zu umrunden, um Asin und Omrak Zeit zu geben, ihre Angriffe fortzusetzen. Omrak zog seine letzten Flasche aus einem Beutel und warf ihn auf das Monster. Das Öl entzündete sich an den sterbenden Flammen auf der Oberfläche des Schleimkörpers und ließ den Schleim erschaudern, als er begann, seinen Körper nach außen zu drehen. Omrak hatte kein Öl mehr und zog sein Schwert, zielte auf die Kanten der Kreatur und hackte Stücke ab.

Der kleinere Abenteurer stürzte sich hinein und nutzte die Kanten seines Schildes, um ebenfalls Teile aus dem Körper zu schaufeln. Wenn sie es nicht mit Feuer töten konnten, mussten sie es auf die harte Tour machen.

Konzentriert auf den Angriff auf das Monster bemerkte Daniel nicht, dass der Schleim nicht mehr zitterte, sondern sich ein Teil seines Körpers gerade aufrichtete. Mit einem Platschen fiel der gesamte gestreckte Würfel auf Daniel und verschlang ihn mit der zähflüssigen Flüssigkeit. Fast sofort konnte Daniel spüren, wie die säurehaltigen Eigenschaften des Schleims auf seiner Haut zu wirken begannen und versuchten, seinen Körper zu zerfressen.

Sofort erfüllte Schmerz sein Dasein. Der Schleim griff seine nackte Haut an und drang langsam zwischen seine Rüstung und seine Kleidung ein und verbrannte dabei mehrere Schichten seiner Haut. Schlimmer noch, er griff seine Augen, Ohren und Nase an, als er versuchte, in seinen Körper einzudringen. Mit geschlossenem Mund versuchte Daniel, eine Hand über seine Nase zu legen und sie zuzudrücken. Während sein Körper brannte, versuchte Daniel, sich zu konzentrieren, um einen Zauber zu sprechen, aber der Schmerz raubte ihm die Konzentration. In dem Glibber gefangen, konnte Daniel sich nur winden und strampeln, während das Monster seinen Körper auffraß.

Omrak knurrte überrascht, sein Schwert blitzte immer wieder auf, als er Teile des Monsters zerschnitt. Asin stürmte ebenfalls nach vorne und zog ihre größeren Nahkampfmesser aus ihren Scheiden, bevor sie begann, das Monster in Scheiben zu schneiden, wobei sie nach jedem Schlag zur Seite auswich. Jeder Angriff hinterließ violette Schlieren in seinem Körper und Funken von Elektrizität, die die berührten Teile verbrutzelten und betäubten. Dennoch tat jeder ihrer Angriffe noch wenig, um den großen Schleim zu reduzieren, der weiterhin die Haut von Daniels Körper ätzte.

Vor gedämpftem Schmerz schreiend, die Lippen zusammengepresst, konzentrierte sich Daniel auf sein Inneres. Er fand seine Gabe, die wie immer auf ihn wartete. Mit einem Gedanken ließ Daniel die Gabe durch seinen Körper strömen und konzentrierte sie auf seine Sinne, die langsam weggefressen wurden, indem er seine Augen und Ohren zusammenflickte, während er spürte, wie seine Erinnerungen verschwanden. Seine freie Hand strampelte weiter herum und versuchte, etwas zu greifen, irgendetwas.

Als er sah, dass seine Angriffe wenig bewirkten, wich Omrak wieder zur Seite aus und stieß sein Schwert nach vorne. Die Klinge stürzte in das Monster und durchdrang das gallertartige Fleisch bis in Daniels eigenen Körper. Anfangs war der Schmerz des Aufspießens unter der Kaskade anderer Schmerzsignale verborgen, aber als Daniels Körper wieder herumwirbelte, bemerkte er schließlich den Stahlsplitter in seinem Körper. Seine freie Hand streckte sich aus und griff reflexartig nach der Klinge, und dann zog Omrak die Klinge nach hinten. Daniel, dessen Verstand getrübt war, fühlte sich nach vorne gezogen, während er geistesgegenwärtig mit beiden Händen nach dem Riesenschwert griff. Als er sah, dass Daniel nun einen besseren Griff hatte, zerrte Omrak fester und zog den Abenteurer aus dem Körper.

Zunächst bemerkte der Schleim ihre Bewegungen nicht, da er sich auf die Gefahr konzentrierte, die Asin darstellte. Als Daniel jedoch begann, sich schneller durch seinen Körper zu bewegen, bewegte sich der Schleim und zog seinen Körper weg, um den eingenommenen Abenteurer freizugeben. Dabei verlagerte der Schleim seinen Manakern näher zur Catkin.

Asin knurrte und stürzte sich nach vorne, um ihre Hand bis zur Schulter in den Körper zu rammen. Der Schleim zitterte, sein Körper bebte, als die Lichtbögen der Elektrizität, die Asins Aura umgaben, mit seinem Körper interagierten und ihn verletzten. Der Schleim war für eine Sekunde betäubt, Asin konnte den Stein ergreifen und nach hinten ziehen, um ihn schließlich herauszuziehen.

Daniel, der teilweise nach außen gezogen wurde, fiel zu Boden, als das Monster explodierte und sein Körper nicht mehr durch den Manastein zusammengehalten wurde. Fast sofort begann sich der Körper des Schleims aufzulösen und hinterließ den entkleideten, teilweise verdauten Körper des Abenteurers auf dem Boden. Seine Gabe, die auf Autopilot lief, flickte seinen Körper zusammen, ersetzte Haut und Muskeln, reparierte seine Augen und Ohren. Nach ein paar Minuten war Daniel in der Lage, seine Sinne zu beherrschen und seine Gabe zu stoppen, indem er sein Mana benutzte, um ein *Zeichen des Heilers* auf seinen eigenen Körper zu wirken.

Erst als Daniel sich aufsetzte, kam Asin herüber, ihr eigener Arm verbrannt und beschädigt von ihrem Angriff. Daniel legte ihr ebenfalls eine Heilung auf, bevor er zu Omrak blickte, dessen Augen noch immer verschwommen waren. Einen Moment lang versuchte Daniel, den Nordländer zu finden, und erst durch Asins Führung sah er den blonden Abenteurer in der Ecke, der sich übergab.

Daniel versuchte zu sprechen und hustete, seine Stimme war rau. Er schluckte noch ein paar Mal und wirkte eine *Kleine Heilung* auf sich selbst. „Ist er okay?"

„Schlecht. Keine Haut", sagte Asin und deutete auf Daniel.

„Oh …", sagte Daniel. Er begann, an das Geschehene zurückzudenken, und zuckte innerlich zusammen, als sein Verstand sich weigerte, zu diesen schrecklichen Minuten zurückzukehren.

„Okay?", fragte Asin leise und legte ihm eine Hand auf die Schulter.

„Ich … werde schon wieder", sagte Daniel schließlich, als er sich aufsetzte. Als er eine Hand hob, um sein Haar zurückzukämmen, starrte Daniel auf sein unkontrolliertes Zittern. Vielleicht war er doch verletzter, als er dachte.

***

Nachdem Daniel sich erholt hatte, brauchten sie nur noch ein paar Stunden, um die Treppe nach unten zu finden. Bevor sie aufbrachen, hatten sie eine lebhafte Diskussion darüber, ob sie weitermachen sollten. Am Ende war es Daniels Beharren darauf, dass sie es zu Ende brachten – oder zumindest in Kenntnis brachten, wie die letzte Ebene aussah –, das sie antrieb. Verletzt, müde und seelisch gezeichnet oder nicht, sie waren immerhin fast fertig.

Wie immer war der Vorhof für die zehnte Ebene ein schlichter, kahler Raum. Langsam starrte das Trio um sich herum und beäugte die einfache Holztür, die den Weg ins Innere versperrte.

„Bereit?", fragte Daniel mit einer Enge in der Brust, als er auf das starrte, was auf sie warten könnte. Das war es. Eine letzte Ebene, ein letzter Boss. Und dann würden sie fertig sein.

Asin jaulte nur, während Omrak nickte.

Es war Zeit, die letzte Ebene zu erkunden.

Kapitel 17

Der Raum, den die drei betraten, war kreisförmig angelegt und erinnerte an ein antikes Kolosseum. Sauberer brauner Sand, ein weit offener Himmel und Wände, die über drei Meter hoch waren und zu einer Tribüne führten. Das Trio drängte sich zusammen, als sie den Raum betraten, und betrachtete den leeren Sandstreifen.

„Was ist das?", murmelte Daniel.

Asin schüttelte den Kopf, ihr Schwanz peitschte hinter ihr hervor, während sie mit einem Auge auf dem Boden nach vorne pirschte. Das Knarren einer hölzernen Winde ließ alle drei aufblicken und sie starrten, als sich das Tor vor ihnen langsam öffnete. Aus dem Tor kam ein torkelndes, schnaubendes Wildschwein, das über sechs

Meter groß war, mit haarigen Borsten und langen Stoßzähnen. Als es die Gruppe entdeckte, stürzte es sich sofort auf sie und nahm an Geschwindigkeit zu, während die drei sich verteilten, Asin ganz rechts und Omrak links von Daniel.

„Warum ich?", schrie Daniel auf, als er merkte, dass das Monster ihn angriff. Es war nicht besonders überraschend, da er sich in der Mitte befand, aber Daniel konnte nicht anders, als sich irgendwie verfolgt zu fühlen. Nachdem er erkannt hatte, dass er nicht entkommen konnte, kauerte sich Daniel unter seinen Schild und verstärkte den Schild mit der anderen Hand, wobei er langsam atmete, während er seinen Gegenangriff abpasste.

Mit einem Brüllen konterte Daniel den Angriff des Monsters und setzte seinen

Schildschlag ein. Das Wildschwein drängte ihn nach hinten und hielt nicht einmal inne, als Daniels Angriff kam und gleichzeitig seinen Schild und einen Stoßzahn zerbrach. Der Abenteurer wurde nach hinten geschleudert, flog durch die Luft, prallte gegen die Wand und stürzte auf den Boden. Das Wildschwein wich aus und ignorierte den gefallenen Abenteurer.

Omrak, der gesehen hatte, dass er nicht das Ziel war, stürmte zurück zum Monster und schwang sein Schwert, als es sich zu drehen begann. Die Haut löste sich, als der Muskel von der Klinge zerrissen wurde, und riss eine tiefe Wunde in die Flanke des Ebers. Als das Wildschwein seine Drehung beendete und auf Asin zustürmte, stürzte sich Omrak auf den sich langsam bewegenden Daniel.

Asin knurrte und rannte rückwärts, während sie eine weitere Serie von Messern auf das Monster warf. Jeder ihrer Angriffe durchdrang das Wildschwein kaum, seine zähe Haut war stärker als eine Rüstung. Nur ein *Durchbohrender Schuss* hatte es bis jetzt geschafft, seinen Körper zu durchdringen. Dennoch gab die Catkin nicht auf und sprintete zur Wand, als das Monster auf sie zustürmte.

Nur wenige Sekunden, bevor es sie traf, sprang Asin mit ausgefahrenen Krallen gegen die Wand und hielt sich an ihr fest. Das Wildschwein, das nicht direkt in die Wand krachen wollte, war gezwungen, in letzter Sekunde abzuwenden, wobei nur sein Schwanz Asin streifte. Selbst das reichte aus, um sie von der Wand wegzureißen und einen sich schnell ausbreitenden Bluterguss zu hinterlassen.

Stotternd drückte sich Daniel nach oben, während Omrak den Wassersack wegsteckte. Der Nordländer bewegte sich bereits von Daniel weg, das Schwert erhoben, als das Wildschwein ihn anvisierte. Er ging in die Hocke und hielt das Schwert in der Nähe seines Knies, während er darauf wartete, dass das Ungeheuer näher kam. Schnaubend und knurrend nahm das Wildschwein an Geschwindigkeit zu, als es sich Omrak näherte.

Daniel kam gerade auf die Beine, als das Wildschwein mit Omrak zusammenstieß. Der große Abenteurer hatte sein großes Schwert als improvisierten Speer benutzt und das Boss-Monster damit aufgespießt. Durch die Wucht des Aufpralls wurde

Omrak nach hinten geschleudert, prallte an der Wand ab und wurde vom Hinterfuß des Ebers zertreten.

Daniel eilte herbei und legte eine Hand auf Omraks Schulter, während der große Abenteurer sich auf die Beine kämpfte. Konzentriert legte Daniel das *Zeichen des Heilers* auf seinen Freund und dann die *Kleine Heilung*, bevor er sich auf die Suche nach dem Boss machte. Asin, die zurückgerannt war, warf ihre Bolas auf das Bein der Kreatur in einem vergeblichen Versuch, das Monster zum Stolpern zu bringen. Die Bolas verfingen sich, waren aber so gestreckt, dass sie auseinanderrissen, ohne das Monster zu verlangsamen. Zum Glück richtete es sich nicht auf einen einzelnen Abenteurer, sondern flitzte auf die andere Seite der

Arena, als es wieder Geschwindigkeit aufbaute.

„Bist du okay, Asin?", rief Daniel, als sie sich näherte, und wandte bei ihr das *Zeichen des Heilers* an, sobald sie in Reichweite war. Es würde ein wenig helfen, aber zum größten Teil wollte Daniel den Rest seines Manas für den Fall aufsparen, dass es wirklich gebraucht werden würde.

Asin zog ein weiteres Paar Wurfmesser aus ihrem Rucksack und starrte das Wildschwein an, das sich gerade umgedreht hatte. Leise knurrend unternahm die Catkin einen schrägen Lauf, warf bereits ihre Messer auf das Tier und nutzte *Durchbohrender Schuss*, um die Distanz zu überbrücken.

„Armbrust", schlug Omrak vor, während er aufstand und nach seinem Schwert suchte.

Einen Moment später entdeckte er es, immer noch eingebettet in den Körper des Monsters. Der Nordländer griff nach seinem Messer und rannte los, während Daniel sein Schwert in die Scheide steckte und nach seiner umgehängten Armbrust griff.

Eine kurze Inspektion zeigte, dass sie noch funktionierte, wenn auch etwas abgenutzt war. Schnell kurbelte Daniel die Armbrust zurück und zog einen Bolzen heraus, bevor er ihn wegwarf und nach einem unversehrten griff. Die Armbrust mochte überlebt haben, als Daniel herumgeschleudert wurde, aber es schien, dass einige seiner Bolzen das nicht getan hatten. Die Armbrust war endlich geladen, Daniel schwang sie nach oben und zielte auf das angreifende Wildschwein. Immerhin, dachte Daniel, konnte selbst er ein Monster von der Größe einer Scheune nicht verfehlen.

Das Wildschwein hatte sich wieder umgedreht, und irgendwie hatte Asin es zwischen dem Zeitpunkt, als Daniel seine Waffe lud, und dem letzten Mal, als er sie sah, geschafft, die Kreatur zu besteigen. Auf dem Monster hockend schossen Blitze, als das Monster ihren Körper berührte. Die Catkin stach und schnitt mit ihren Waffen, während sie versuchte, das Monster lebendig zu häuten.

Unter ihr griff das Wildschwein den Nordländer an, der geduckt und abwartend dastand. Im letzten Moment warf sich Omrak nach vorne, packte sein Schwert und rollte gleichzeitig zur Seite. Das Schwert rutschte zur Seite, als die gegensätzlichen

Kräfte der Rolle und des Angriffs die Wunde aufrissen und ein Wasserfall von Blut herausspritzte.

Daniel atmete aus, feuerte seine Armbrust ab und lud sofort nach, als die Kreatur sich umdrehte und versuchte, den belagerten blonden Abenteurer anzugreifen. Omrak, der von einem Huf getroffen wurde, kämpfte sich mit seinem Schwert hinter ihm auf die Beine, als das Wildschwein endlich langsamer wurde und sich zum Angriff wandte, nur um einen weiteren Armbrustbolzen ins Gesicht zu bekommen. Es schnaubte und quiekte, blieb aber bei der Sache, während es sich bewegte, um Omrak zu zerfleischen.

Omrak wiederum schwang und schnitt an der Nase der Kreatur, was das Monster zwang, sich vor seinen Angriffen in Acht zu nehmen. Da es nicht mehr angriff, hatte das Monster nicht mehr den Schwung, um den großen Nordländer umzuwerfen, und so fintierten sie mit Schwert und Stoßzahn. Die ganze Zeit über griffen Daniel und Asin es weiter an.

„Es wird langsamer!", sagte Daniel, als er einen weiteren Bolzen abschoss. Die aufeinanderfolgenden Angriffe und der Blutverlust forderten ihren Tribut, zusammen mit der ständigen Präsenz der verzauberten Catkin über ihm und ihren vergifteten Waffen. So stark und mächtig das Wildschwein auch war, es konnte nur so viel Schaden einstecken.

Omrak wich einem Hieb mit einem Stoßzahn aus, stand auf und stürzte sich nach vorne, die Klinge versank in einer Wange, bevor er versuchte, sie loszureißen.

Unbemerkt von Omrak steckte sein Schwert jedoch zwischen einigen Zähnen fest, was seine Bewegung zum Stillstand brachte. In diesem kurzen Moment drehte das Wildschwein seinen Kopf erneut und schlug mit seinem verbliebenen Stoßzahn zu. Omrak wurde zur Seite geschleudert, sein Rücken wurde aufgerissen.

Daniel schrie laut auf, in der vergeblichen Hoffnung, die Aufmerksamkeit des Monsters zu erregen, während er nach vorne rannte und die Armbrust an seinen Körper hielt, um den Abstand zu seinem gefallenen Freund zu verringern. Als er näherkam, hob er die Waffe, drückte intuitiv ab und ließ den Bolzen in das Auge des Ebers fliegen. Das Monster schnaubte und zuckte reflexartig zusammen, als es geblendet wurde. Es verfehlte Omraks liegende Gestalt um Zentimeter, als es gegen die Wand prallte.

Asin wurde durch den Aufprall zur Seite geschleudert und vom Körper des Monsters geworfen, aber die Catkin hielt sich grimmig fest, während sie ihr Messer erneut in den Körper des Monsters stieß. Selbst jetzt konnte sie sehen, wie sich das Gift langsam ausbreitete. Alles, was sie tun mussten, war zu warten, und ihr Geschick würde es töten.

Über Omrak gebeugt, wirkte Daniel schnell seine *Kleine Heilung* einmal und dann noch einmal, bevor er sich auf die Beine schwang. Er packte seine verbliebene Waffe und machte sich bereit für den Kampf mit dem Boss. In der Hocke zog er eine Grimasse, als ein scharfer Schmerz in seinem unteren Rücken seine Wirbelsäule hochschoss. Er schüttelte den Kopf, konzentrierte sich auf das Monster und entschied sich, *Perins Schlag* zu versuchen, als das Monster nach vorne stürzte. Der Stoßzahn krachte nach hinten, das Wildschwein knurrte und schnippte mit dem Kopf, die Mähne wehte hinter ihm hervor. Während das Monster benommen war, schlug Daniel mit seinem Streitkolben auf die Schnauze des Monsters ein und zermalmte sie, was das Monster in Rage versetzte.

Als Daniel die Aufmerksamkeit des Monsters auf sich zog, taumelte Omrak zur Seite, sein Körper leuchtete rot. Er brüllte, als er sich mit dem Schwert in der Hand aufbäumte, dann schwang er es nach unten und durchtrennte das vordere rechte Bein des Ebers. Als das Wildschwein zusammenbrach, warf sich Asin ab, rollte und rollte, bevor sie sich auf die Füße kämpfte und den Sand aus ihrem Mund spuckte.

Das Trio wich schnell von dem verkrüppelten Boss zurück. Daniel sackte zu Boden, als die Verletzungen an seinem Körper ihn schließlich einholten. Neben ihm brüllte Omrak, während das rote Licht weiter aus seinem Körper leuchtete und Asin den Tod des Monsters beschleunigte, indem sie die letzten ihrer Messer warf.

Wütend und hartnäckig schleppte sich das Wildschwein über den Boden und bewegte sich auf Omrak zu, der abwartend dastand. Als es endlich in Reichweite war, stieß der große Nordländer sein Schwert in sein Auge und trieb die Klinge ganz in das Gehirn. Ein letzter, erschütternder Ruck ließ

Omrak ein letztes Mal durch die Luft fliegen, bevor das Monster starb.

„Daniel?", sagte Asin und ging zu ihrem Freund hinüber. Der kleine Abenteurer winkte sie weg, die Augen vor Schmerz zusammengekniffen, während er darauf wartete, dass das *Zeichen des Heilers,* das er an sich selbst angewandt hatte, seine Arbeit tat. Es würde ihn nicht vollständig heilen, aber es war alles, was er tun konnte.

Omrak lag zusammengerollt auf der Seite und war bewusstlos, als Asin es schaffte, sich einen Weg zu ihm zu bahnen. Sie stupste ihn ein paar Mal an, bevor sie aufgab und sich hinsetzte, um über ihre Freunde zu wachen, während sie sich erholten.

Kapitel 18

Eine halbe Stunde später setzte sich Daniel endlich wieder auf und ging zu Asin hinüber. Omrak schnarchte weiter, sein Körper war von den Kämpfen ausgelaugt. Daniel runzelte die Stirn und berührte ihn für einen kurzen Moment, um sich zu vergewissern, dass er überleben würde, bevor er zu der großen Truhe hinüberging, die Asin angestarrt hatte.

„Ist das unser Gewinn?", fragte Daniel und zeigte auf sie.

Asin nickte, fischte in ihren Taschen und zog den größten und klarsten Manastein heraus, den Daniel je gesehen hatte.

„Was ist das? Eine B-Klasse vier?", sagte Daniel.

Asin zuckte ausnahmsweise nur mit den Schultern. Es war nicht so, als hätte sie so einen Stein schon einmal gesehen. Es war sicherlich eine Verbesserung gegenüber dem B-Klasse 12, den der vorherige Karlak-Boss ausgegeben hatte.

„Hast du sie geöffnet?", fragte Daniel und deutete auf die Truhe, woraufhin Asin den Kopf schüttelte. Sie seufzte und starrte wieder auf die Truhe. Nach einem Moment ging Daniel zu Omrak hinüber und stieß ihn mit dem Fuß an, um ihn zu wecken. Es bedurfte des vorsichtigen Einsatzes seiner Gabe, um den Nordländer wachzustupsen.

Omrak erhob sich vom Boden, das Schwert in der Hand, und starrte auf das leere Schlachtfeld. Er stöhnte leicht, der Kopf schmerzte noch immer von den wiederholten Schlägen, bevor er die Truhe entdeckte und sich entspannte.

Die Gruppe versammelte sich, starrte auf die Truhe und fragte sich, was sich darin befand.

„Asin?", sagte Daniel schließlich und schob die geduldig wartende Catkin an.

Kaum hatten die Worte seinen Mund verlassen, stürzte die Catkin nach vorne und riss die Truhe auf. Darin befanden sich zwei Ausrüstungsgegenstände. Ein einfacher Hammer mit einer Gravur darauf und ein dünner, schwarzer Lederbrustpanzer. Die drei Abenteurer betrachteten die Ausrüstung stirnrunzelnd, bevor die Catkin sie aufhob und herumreichte.

Daniel umklammerte den Hammer, starrte auf den Stachel, der aus einem Ende herausragte, und sah die Gruppe an, die ihm nur leicht zunickte. Omrak nahm den Brustpanzer, seine Hände fuhren über das Leder.

„Das ist magisch", sagte Omrak.

„Sollte es sein", antwortete Daniel und schob den Hammer in seinen Rucksack. Es war offensichtlich, dass der Hammer mit seinen geätzten Runen definitiv in irgendeiner Form verzaubert war. Es war besser, ihn noch nicht zu benutzen. „Wir können herumfragen, um sie identifizieren zu lassen. Wenn wir zurück sind."

„Asin, du bist um einen Preis ärmer", sagte Omrak.

„Stein. Meiner", sagte Asin und tätschelte ihre Hüfte.

Daniel nickte nur zufrieden zustimmend, während Omrak auf Asins Beutel und dann auf die Rüstung in seiner Hand blickte.

Schließlich nickte er. Daniel verstand, was er wahrscheinlich dachte, dass sie keine Möglichkeit hatten, zu sagen, wie mächtig oder ob der Gegenstand selbst nicht verflucht war. Aber das war ein Teil des Risikos, ein Abenteurer zu sein.

***

Die drei Abenteurer humpelten langsam aus dem Dungeon, ihre Bewegungen waren durch Erschöpfung und Verletzungen verlangsamt. Dennoch konnten alle drei nicht anders, als sich gegenseitig und die Wachmänner anzugrinsen, als sie den Dungeon verließen.

„Habt ihr ihn beendet?", fragte Ken, wobei der große Wachmann ein Lächeln unterdrückte.

„Ja", sagte Daniel, und Ken hob eine Hand, um seinem Freund auf die Schulter zu klopfen, entschied sich dann aber dagegen. Daniel war nicht geheilt genug für diese Art von überschwänglichen Glückwünschen.

„Harter Kampf?" Kens Frage war mehr eine Feststellung. Daniel nickte leicht, bevor er zu seinen Freunden gestikulierte, die nicht aufgehört hatten zu laufen. „Geh."

Daniel beeilte sich, seine Freunde einzuholen, bevor sie die Gilde der Abenteurer betraten. Bei ihrem Eintreten wurde es langsam still in der Gilde, als Abenteurer und Aufseher das Trio entdeckten. Ein Abenteurer, der mit Liev arbeitete, trat schnell zur Seite, als er die drei nach vorne winkte. Etwas zeigte sich auf seinem Gesicht, etwas, das Daniel nicht einordnen konnte, das ihm aber den Magen verdrehte.

„Liev", sagte Daniel, während er den Hammer aus seinem Gürtel zog. Asin hatte bereits nach ihren Beuteln gegriffen, legte die beiden ab und zog die Seiten des einen herunter, um den Boss-Manastein zum Vorschein zu bringen. Omrak war langsamer, als er sich abmühte, die Lederrüstung aus seinem Rucksack zu ziehen, aber er schaffte es letztendlich. Während alldem hallte die Stille durch den Raum und zog sich in die Länge.

„Daniel. Asin. Omrak", sagte Liev ruhig. Er streckte die Hand aus, berührte den Boss-Manastein und drehte ihn langsam um. Als er das nächste Mal sprach, versuchte der Rotschopf, seine Stimme professionell zu halten. „Glückwunsch."

„Haben wir es geschafft?“, sagte Daniel und kannte irgendwie die Antwort schon davor.

„Nein“, antwortete Liev und schüttelte den Kopf. „Die Elms waren schon vor einem halben Tag da. Es tut mir leid.“

Die drei stöhnten unisono, ihre Gesichter fielen zusammen, als sie untereinander Blicke austauschten. Ein halber Tag. Es fehlte ihnen nur ein bisschen. Hätten sie am Tag zuvor ein wenig mehr erkundet, hätten sie den Schlaf ausgelassen. Wenn sie die richtigen Waffen gehabt hätten. Um sie herum erwachte die Gilde wieder zum Leben, jetzt, da die schlechte Nachricht überbracht worden war.

„Du wirst mit Tharuk über den Hammer sprechen wollen“, fuhr Liev fort und strich mit den Fingern leicht über die stählerne

Waffe. „Ich bin sicher, er wird die Details bestätigen können. Was das hier angeht", Liev streckte die Hand aus, um mit einem Finger über die Kanten der Rüstung zu fahren, „darf ich?"

Nachdem Omrak zugestimmt hatte, hob Liev die Rüstung hoch und fuhr mit den Fingern an den Nähten entlang und die nackte Vorderseite der Rüstung hinunter. Er drehte sie um und starrte auf die durchsichtige Rückseite, bevor er mit einem scharfen Fingernagel noch einmal über die Vorderseite strich. Schließlich legte er sie wieder auf den Tresen. „Sie ist nicht verzaubert, wie ihr wahrscheinlich schon vermutet habt. Keine Runen, keine Markierungen. Allerdings bemerkenswert widerstandsfähig. Ich würde sagen, er stammt von einem schwarzen Nashorn."

„Unverzaubert?", wiederholte Omrak, sein Gesicht war niedergeschlagen.

„Ja. Es ist sehr schwierig, schwarzes Rhinozerosleder zu verzaubern. Selbst unbehandelt ist es stärker als das meiste Eisen", sagte Liev. „Spare genug, besorg dir einen guten Zauberer, und du hättest ein erstaunliches Stück Rüstung."

Omraks Gesicht leuchtete wieder auf, als er die Rüstung zurücknahm und das geschmeidige, aber zähe Stück in seinen Rucksack stopfte. Asin, die ruhig zugesehen hatte, stupste den Stein an, die Ohren nach unten geneigt. Liev lächelte leicht und zog den Stein zur Untersuchung näher heran.

Daniel wandte sich ab, während Liev mit Asin sprach, und rieb sich die Augen, aus denen Tränen zu fließen drohten. Verdammt noch mal. Sie waren so nah dran gewesen. Die Erschöpfung in Kombination mit dem Herunterkommen von den Kämpfen und dem Erkunden drohte, seine Kontrolle zu brechen. Er konnte nicht anders, als zu denken, dass das zu erwarten war … Sie waren schließlich eine Fortgeschrittenen-Gruppe. Sie hatten nie eine Chance gehabt.

„Daniel?", rief Liev erneut, und der kleine Abenteurer blinzelte und wandte sich wieder dem Tresen zu. Auf dem Tresen lag eine Kristallkugel, eine, die er seit Ewigkeiten nicht mehr gesehen hatte. „Wenn du mir deine Hand reichen würdest?"

Daniel gehorchte langsam und legte von Liev geführt seine Hand auf die Kristallkugel. Sie flackerte für einen Moment auf und Liev murmelte geheimnisvollen Worte, während er Daniels Status anpasste.

„Erledigt."

Daniel lächelte leicht und zog seine Hand von dem Kristall zurück. Wie seine Freunde beschloss er, einen Blick auf seinen neu aktualisierten Status zu werfen.

Name: Daniel Chai (Fortgeschrittener Rang Abenteurer)
Klasse: Level 9 Abenteurer (63 %)
Unterklassen: Level 7 (Bergmann) (04 %)
Mensch (männlich)

Statistik
Leben: 281
Ausdauer: 281
Mana: 206

Attribute
Kraft: 27
Beweglichkeit: 24
Verfassung: 30
Intelligenz: 21
Willenskraft: 20

Glück: 15

Skills
Waffenloser Kampf: Level 3 (93/100)
Keulen (Novize): Level 2 (17/100)
Bogenschießen: Level 2 (68/100)
Schild (Novize): Level 1 (24/100)
Ausweichen: Level 7 (83/100)
Kampfsinn: Level 7 (78/100)
Wahrnehmung: Level 7 (56/100)
Bergbau: Level 7 (78/100)
Heilen (Novize): Level 1 (41/100)
Kräuterkunde: Level 3 (31/100)
List: Level 2 (24/100)
Kochen: Level 4 (03/100)
Singen: Level 2 (14/100)

Skillfertigkeiten
Doppelschlag
Schildschlag
Perins Schlag
Schwachstelle finden
Kartografie (II)

Zaubersprüche
Kleine Heilung (II)
Zeichen des Heilers (I)

Gaben

> Berührung des Märtyrers – Der Zaubernde
> kann sich selbst oder andere durch
> Berührung und Konzentration heilen und
> opfert dafür einen Teil seines Lebens. Die
> Kosten variieren je nach Ausmaß der
> geheilten Verletzungen.

Später an diesem Tag saßen die drei Abenteurer im Spinning Top und verarzteten ihre Verletzungen und Sorgen. Ihre anfängliche Freude über den Abschluss des Dungeons war längst verflogen, und nun saßen die drei schweigend da und aßen ihr Essen. Sie waren an der Aufgabe gescheitert, hatten es nicht geschafft, die Elms zu besiegen.

Khy'ra betrat das Gasthaus und lehnte sich für eine Sekunde an die Tür, um ihren Freund anzustarren, bevor sie seufzte und bemerkte, wie das mürrische Trio das gesamte Gasthaus mit ihrer Traurigkeit angesteckt hatte. Die Elfe nahm neben ihrem Freund Platz und legte den Kopf schief, als Daniel zu ihr aufsah.

„Sieht so jetzt ein Team aus, das gerade seinen ersten Dungeon abgeschlossen hat?", fragte Khy'ra und schüttelte den Kopf. „Ich bin zwar alt, aber so sehr haben sich die Zeittraditionen sicher nicht verändert."

„Wir haben verloren", sagte Daniel und fuhr mit dem Finger über verschüttetes Bier. „Um einen halben Tag."

„Und?", sagte Khy'ra und schüttelte den Kopf. „Bedeutet es, dass du deine Ausrüstung für den Dungeonabschluss nicht bekommen hast? Habt ihr den Stein verpasst?"

„Nein …“, sagte Daniel und bemerkte den Ton, den sie anschlug. Er wusste, was kommen würde.

„Dann feiert“, sagte Khy'ra und klopfte mit den Fingerknöcheln auf den Tisch, um die Aufmerksamkeit der anderen beiden zu bekommen. Nicht, dass sie nicht schon zugehört hätten. „Letzte Lektion. Es gibt immer etwas Falsches, immer etwas Deprimierendes an diesem Job. Eine schiefgelaufene Erforschung, ein verlorener Freund, eine verlorene Quest. Bei diesem Job, dieser Karriere, geht es nur um Bedauern. Feiert immer, immer eure Erfolge. Ansonsten hängt den Job an den Nagel. Wenn ihr nicht feiern könnt, wenn es nötig ist, habt ihr den falschen Beruf. Von jetzt an wird es nur noch schwieriger.“

Daniel ließ den Kopf sinken, seine Hand streichelte den Hammer, den er gerade gewonnen hatte. Er sah Khy'ra an und sie schenkte ihm ein Lächeln, und er ertappte sich dabei, wie er nach ihrer Hand griff und sie drückte. Dieser Erfolg, dieser Sieg, war auch für sie ein bittersüßer Erfolg. Und doch lächelte sie.

Feiert, wenn ihr könnt …

„Elise! Eine Runde für alle", rief Daniel der Wirtin zu und zwang sich zu einem Lächeln. Omrak brüllte seine Zustimmung, knallte sein Getränk auf den Tisch und bespritzte Asin, die den großen, lauten Abenteurer anknurrte.

„Laut!"

***

Eine Woche später fand sich das Trio am frühen Morgen im Top wieder. Daniel eilte die Treppe hinunter, das Hemd immer noch offen, während er seine gepackte Tasche mit sich schleppte. Unten rollten Asin und Omrak mit den Augen, als der Abenteurer wieder einmal zu spät kam.

„Sorry, sorry!", entschuldigte sich Daniel, als er seine Freunde erblickte.

„Khy'ra?", fragte Asin und schaute die Treppe hinauf.

„Ich komme", sagte Khy'ra, folgte Daniel in einem gemächlicheren Tempo und gab der Catkin eine kurze Umarmung. „Ich würde es nicht verpassen wollen, dich zu verabschieden."

„Schule?", sagte Asin, als sie losgelassen wurde.

„Mach dir keine Sorgen. Der Stein wird sie für eine Weile ernähren und wir haben eine kleine Rückzahlung der Gelder erreicht. Da dein Vater ein örtlicher Held ist, hat er ein gewisses Druckmittel beim Rat", versicherte Khy'ra der Beastkin. „Und ich verspreche dir, dass dein Vater und ich dafür sorgen werden, dass die Gelder, die du zurückschickst, für einen guten Zweck verwendet werden."

„Tschüss", sagte Asin, ihr Gesicht leicht berührt, bevor sie wegging.

„Das ist für das Mittagessen", sagte Elise und kam mit einer Reihe von eingepackten Paketen heraus, die sie schnell verteilte. „Vergiss nicht, Mary wartet immer noch auf dich. Und ich erwarte hin und wieder einen Brief."

Daniel nickte und ergriff Khy'ras Hand. Die Catkin und der Nordländer tauschten einen Blick aus, bevor sie hinausgingen und die beiden Turteltauben allein ließen.

„Khy'ra …", begann Daniel, bevor er durch einen Finger auf seinen Lippen zum Schweigen gebracht wurde.

„Nein. Wir haben alles gesagt. Haben alles getan", sagte Khy'ra, wobei ihre Augen beim letzten Satz leicht funkelten. „Das reicht. Du hast ein Leben zu leben. Und ich auch. Komm zurück, wenn du kannst. Schreib, wenn du kannst. Aber lebe dein Leben."

Daniel lächelte leicht, küsste ihre Finger und nickte. Er drehte sich um, ging weg und rieb sich die Augen, als er sich dem Paar anschloss, das ihn pflichtbewusst ignorierte, als sie die Stadt verließen. Auf der Straße, draußen, sah sich das Trio an.

„Ist das die richtige Straße nach Peel?", sagte Daniel schließlich, als sie weiterstapften.

„Nein", sagte Asin und starrte ihn an.

Daniel blinzelte und stieß ein „*Ups*" aus, als sie sich umdrehten. Das Trio lachte und schüttelte den Kopf, als sie sich auf den Weg zum nächsten Dungeon machten.

###

Ende

Anmerkung des Autors

Wenn du das Buch gerne gelesen hast, hinterlasse bitte eine Rezension und Bewertung. Es ist nicht nur ein großer Ego-Schub, es hilft auch dem Verkauf und überzeugt mich, mehr von der Serie zu schreiben!

Über den Autor

Tao Wong ist ein begeisterter Fantasy- und Sci-Fi-Leser, der seine Zeit mit Arbeiten und Schreiben im Norden Kanadas verbringt. Er hat viel zu viele Jahre damit verbracht Kampfsport in vielen Formen zu betreiben und nachdem er sich zu oft etwas gebrochen hatte, verbringt er nun seine Zeit damit, über Fantasy-Welten zu schreiben.

Wenn du ihn direkt unterstützen möchtest, hat Tao jetzt eine Patreon-Seite, auf der Previews all seiner neuen Bücher zu finden sind!

- Tao Wong's Patreon: https://www.patreon.com/taowong

Für Updates zur Serie und seinen weiteren Büchern (und speziellen One-Shot-Geschichten), besuche bitte die Website des Autors: http://www.mylifemytao.com/

Weitere Bücher von Tao Wong auf Deutsch: https://www.mylifemytao.com/foreign-language-editions/german/

Abonnenten von Taos Mailingliste erhalten exklusiven Zugang zu Kurzgeschichten aus den Universen Thousand Li und System Apocalypse:
https://www.subscribepage.com/taowong

Oder besuche die Facebook-Seite von Tao:
https://www.facebook.com/taowongauthor/

Über den Herausgeber

Starlit Publishing ist in vollem Besitz von Tao Wong und wird von ihm betrieben. Es ist ein Science-Fiction- und Fantasy-Verlag, der sich auf die Genres LitRPG und Kultivierung konzentriert. Der Fokus liegt auf der Förderung neuer, aufstrebender Autoren des Genres, deren Schreiben die bestehenden Stereotypen herausfordert und gleichzeitig eine rasend gute Lektüre bietet.

Für weitere Informationen über Starlit Publishing: https://starlitpublishing.com.

Du kannst dich auch in die E-Mail Liste (https://landing.mailerlite.com/webforms/landing/p8x4z1) von Starlit Publishing eintragen, um über neue, spannende

---

Autoren und Buchveröffentlichungen informiert zu werden.